12/21

MÉTETE AL JUEGO

TOQUE Y REMATE

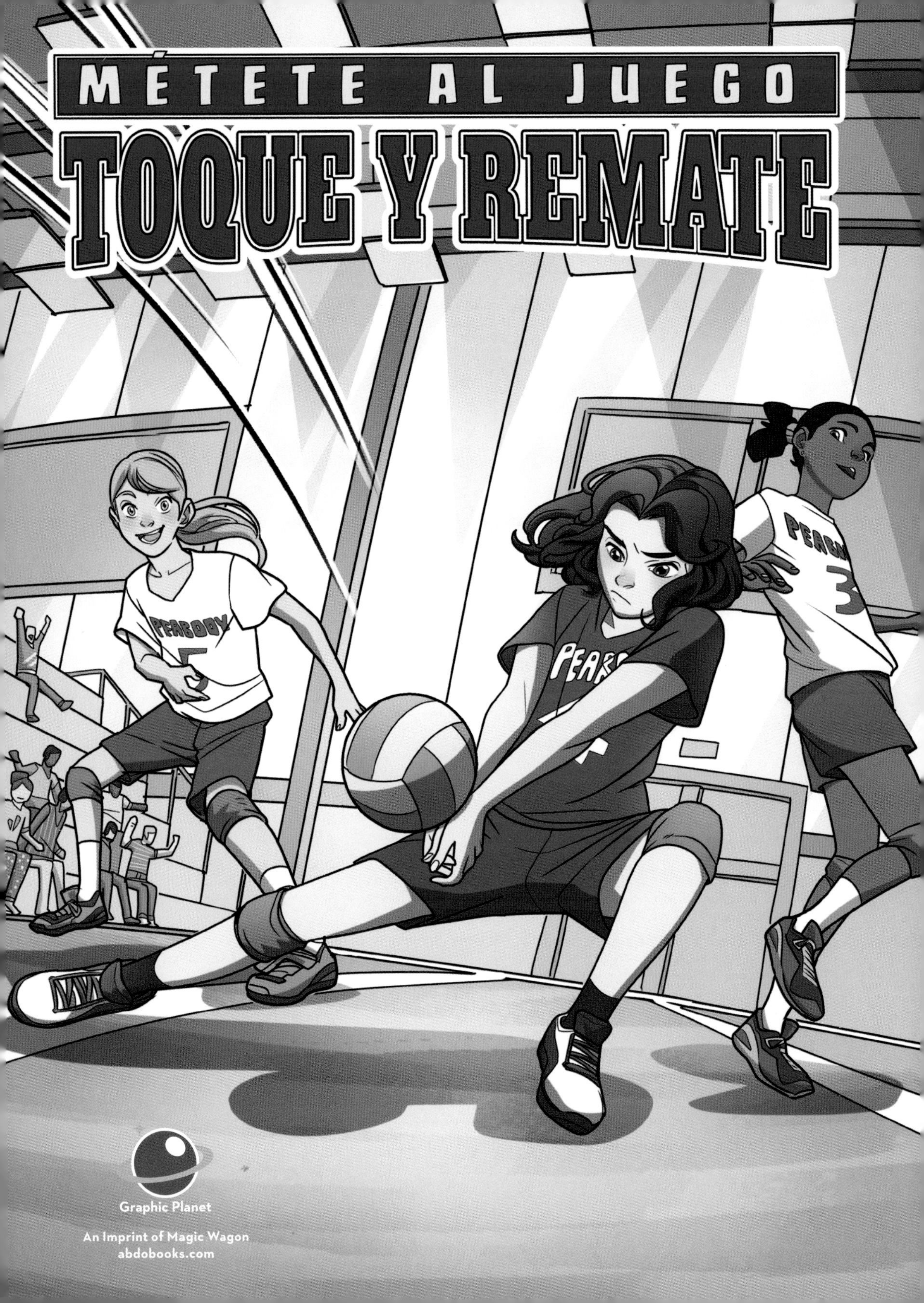
PEABODY
5
3

Graphic Planet
An Imprint of Magic Wagon
abdobooks.com

abdobooks.com

Published by Magic Wagon, a division of ABDO, PO Box 398166, Minneapolis, Minnesota 55439.
Copyright © 2021 by Abdo Consulting Group, Inc. International copyrights reserved in all countries.
No part of this book may be reproduced in any form without written permission from the publisher.
Graphic Planet™ is a trademark and logo of Magic Wagon.

Printed in the United States of America, North Mankato, Minnesota.
082020
012021

Written by David Lawrence and Bill Yu
Ancillaries written by Bill Yu
Translated by Brook Helen Thompson
Pencils by Renato Siragusa
Inks by Toni Sardina
Colored by Tiziana Musmeci
Lettered by Kathryn S. Renta
Card Illustrations by Emanuele Cardillo and Gabriele Cracolici (Grafimated)
Layout and design by Pejee Calanog of Glass House Graphics and Christina Doffing of ABDO
Editorial supervision by David Campiti
Edited by Salvatore Di Marco and Giovanni Spadaro (Grafimated Cartoon)
Packaged by Glass House Graphics
Art Directed by Candice Keimig
Editorial Support by Tamara L. Britton
Translation Design by Pakou Moua

Library of Congress Control Number: 2019957733

Publisher's Cataloging-in-Publication Data

Names: Yu, Bill; Lawrence, David, authors. | Siragusa, Renato, illustrator; Sardina, Toni, illustrators.
Title: Toque y remate / by Bill Yu and David Lawrence; illustrated by Renato Siragusa and Toni Sardina.
Other title: Set and spike, Spanish.
Description: Minneapolis, Minnesota : Magic Wagon, 2021. | Series: Mètete al juego
Summary: Lucy Andia is an award-winning volleyball player. She tries out for the Peabody team sure
   she'll be a star. But when other girls have greater talent, Lucy has to change positions. Can Lucy
   embrace her new role on the team?
Identifiers: ISBN 9781532137891 (lib.bdg.) | ISBN 9781532138034 (ebook)
Subjects: LCSH: Volleyball--Juvenile fiction. | Athletic ability--Juvenile fiction. | Confidence in children--
   Juvenile fiction. | Sports teams--Juvenile fiction. | Graphic novels—Juvenile fiction.
Classification: DDC 741.5--dc23

CONTENIDO

TOQUE Y REMATE

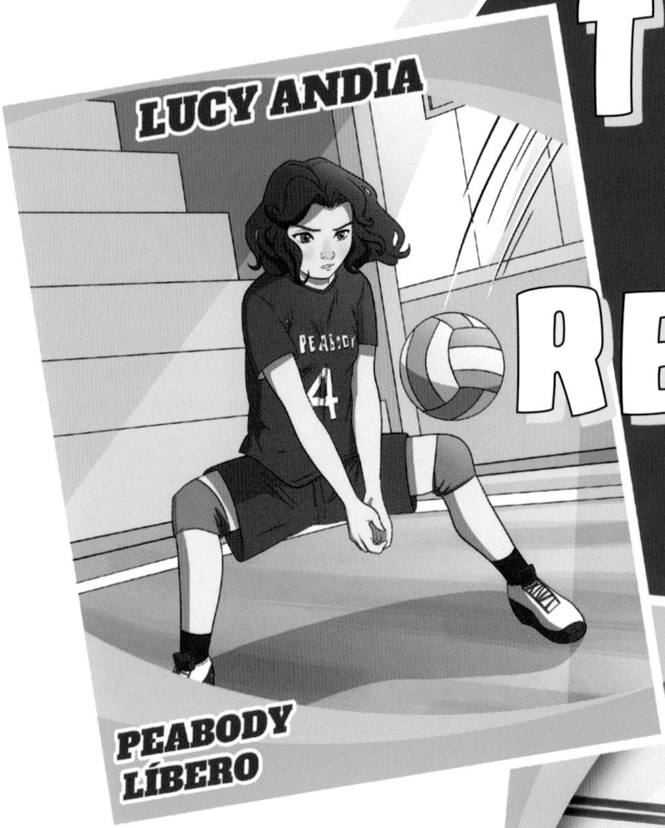
LUCY ANDIA
PEABODY
LÍBERO

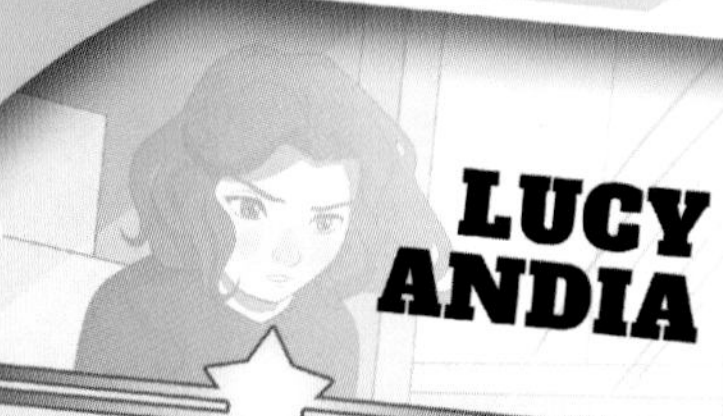

LUCY ANDIA

Lucy Andia, Líbero #4

Anteriormente una especialista de ataque de la zona de frente conocida por sus remates estelares. Lucy Andia es la líbero más nueva de Peabody y siempre trata de aportar a su equipo con sus digs y recepciones increíbles desde la zona defensiva.

RÉCORD

PARTIDOS	TITU	ATA	AST	REC	BLO
12	12	7	416	905	0

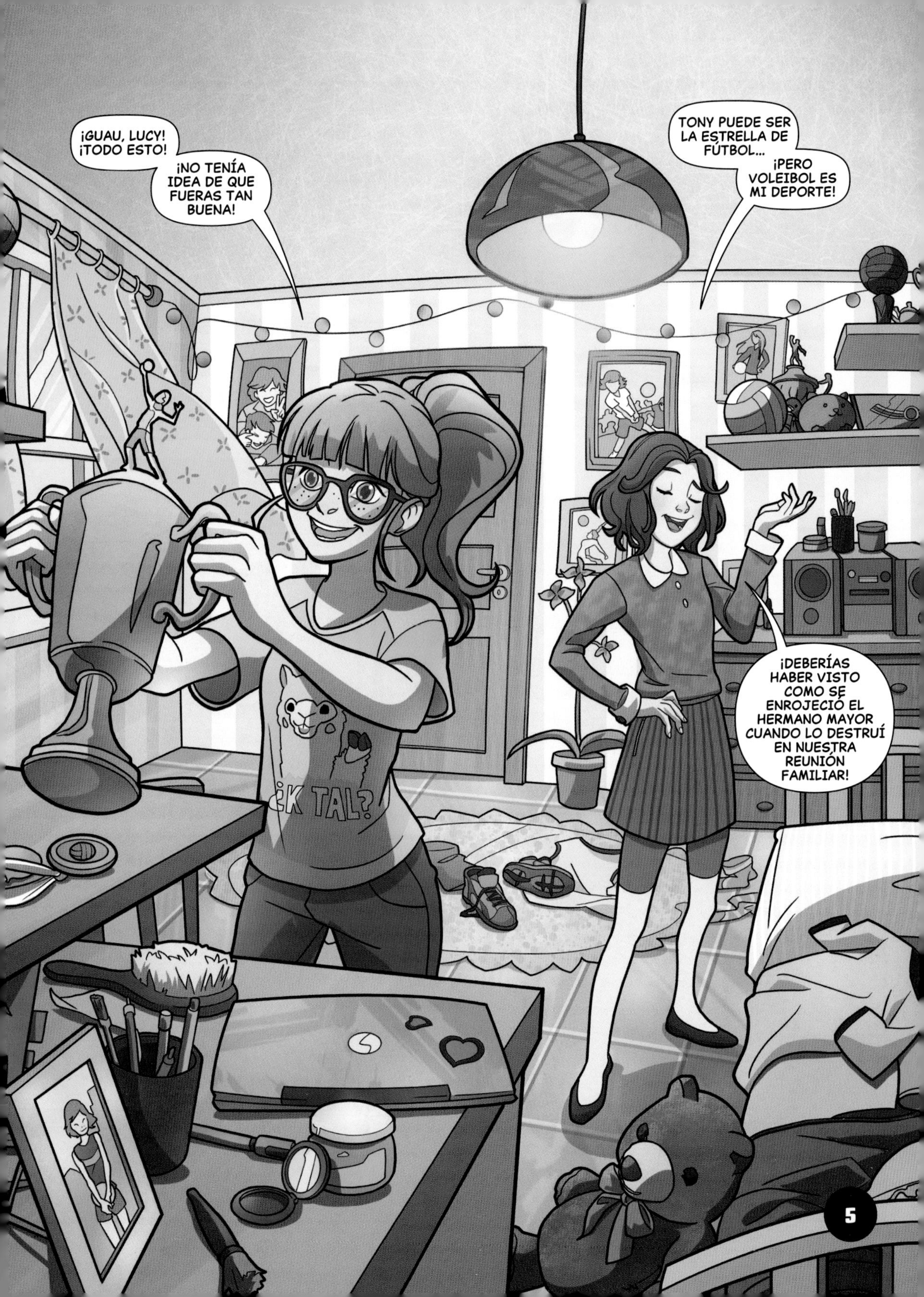
¡GUAU, LUCY! ¡TODO ESTO!
¡NO TENÍA IDEA DE QUE FUERAS TAN BUENA!
TONY PUEDE SER LA ESTRELLA DE FÚTBOL... ¡PERO VOLEIBOL ES MI DEPORTE!
¡DEBERÍAS HABER VISTO COMO SE ENROJECIÓ EL HERMANO MAYOR CUANDO LO DESTRUÍ EN NUESTRA REUNIÓN FAMILIAR!
¿K TAL?

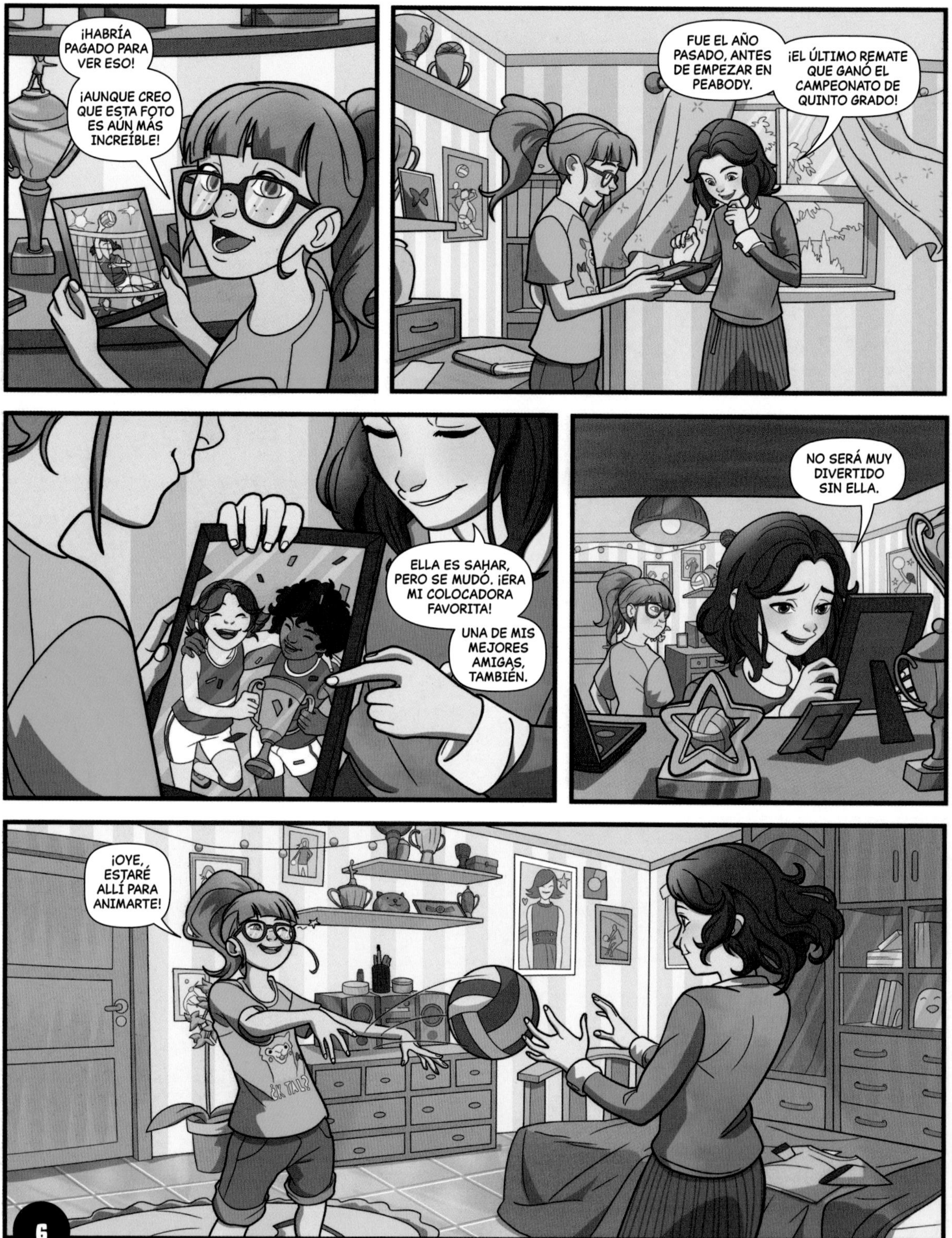
¡HABRÍA PAGADO PARA VER ESO!
¡AUNQUE CREO QUE ESTA FOTO ES AÚN MÁS INCREÍBLE!
FUE EL AÑO PASADO, ANTES DE EMPEZAR EN PEABODY.
¡EL ÚLTIMO REMATE QUE GANÓ EL CAMPEONATO DE QUINTO GRADO!
ELLA ES SAHAR, PERO SE MUDÓ. ¡ERA MI COLOCADORA FAVORITA!
UNA DE MIS MEJORES AMIGAS, TAMBIÉN.
NO SERÁ MUY DIVERTIDO SIN ELLA.
¡OYE, ESTARÉ ALLÍ PARA ANIMARTE!
¿K TAL?

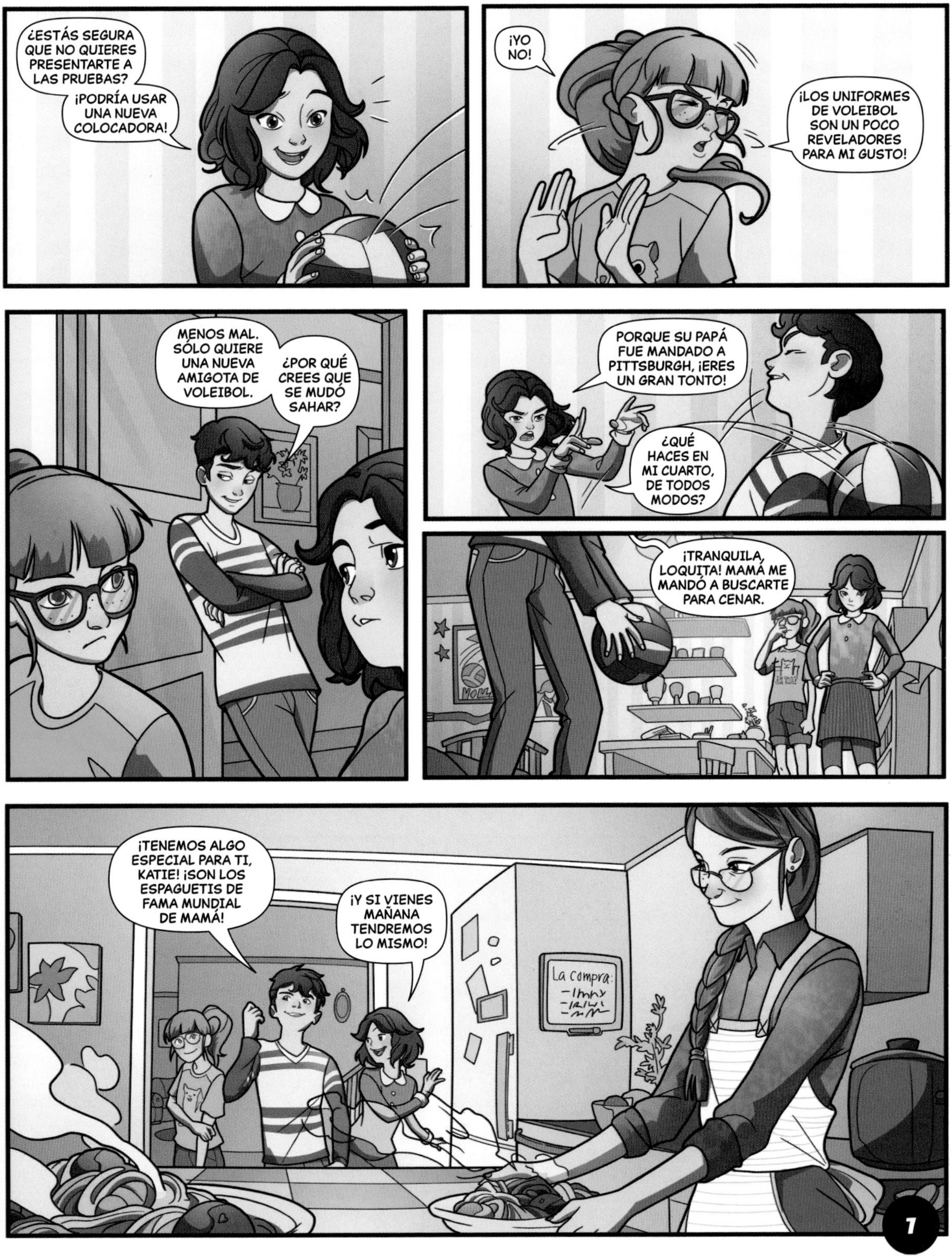
¿ESTÁS SEGURA QUE NO QUIERES PRESENTARTE A LAS PRUEBAS?
¡PODRÍA USAR UNA NUEVA COLOCADORA!
¡YO NO!
¡LOS UNIFORMES DE VOLEIBOL SON UN POCO REVELADORES PARA MI GUSTO!
MENOS MAL. SÓLO QUIERE UNA NUEVA AMIGOTA DE VOLEIBOL.
¿POR QUÉ CREES QUE SE MUDÓ SAHAR?
PORQUE SU PAPÁ FUE MANDADO A PITTSBURGH, ¡ERES UN GRAN TONTO!
¿QUÉ HACES EN MI CUARTO, DE TODOS MODOS?
¡TRANQUILA, LOQUITA! MAMÁ ME MANDÓ A BUSCARTE PARA CENAR.
¡TENEMOS ALGO ESPECIAL PARA TI, KATIE! ¡SON LOS ESPAGUETIS DE FAMA MUNDIAL DE MAMÁ!
¡Y SI VIENES MAÑANA TENDREMOS LO MISMO!
La compra:

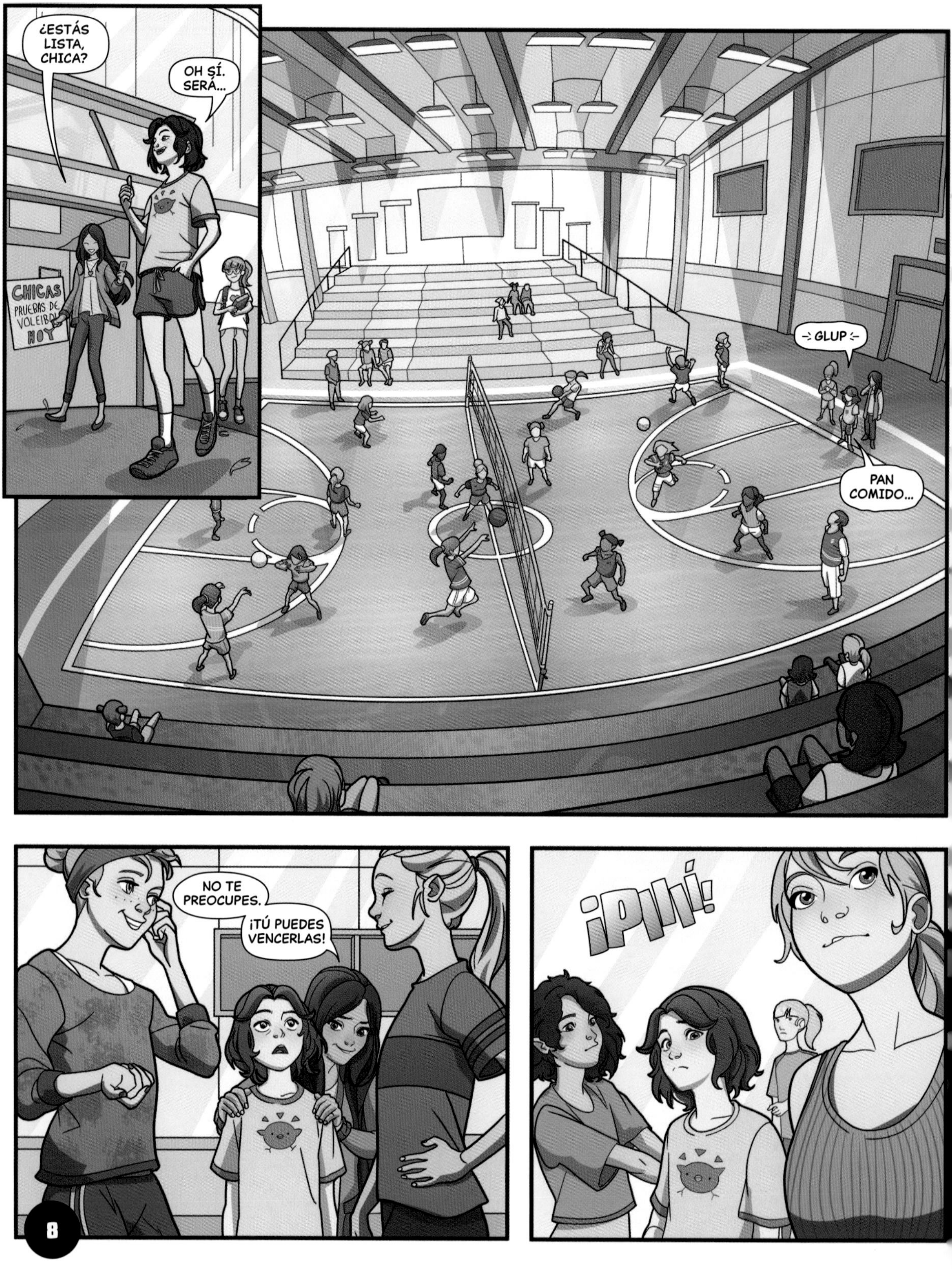
¿ESTÁS LISTA, CHICA?
OH SÍ. SERÁ...
CHICAS PRUEBAS DE VOLEIBOL HOY
-:- GLUP -:-
PAN COMIDO...
NO TE PREOCUPES.
¡TÚ PUEDES VENCERLAS!
¡PIII!

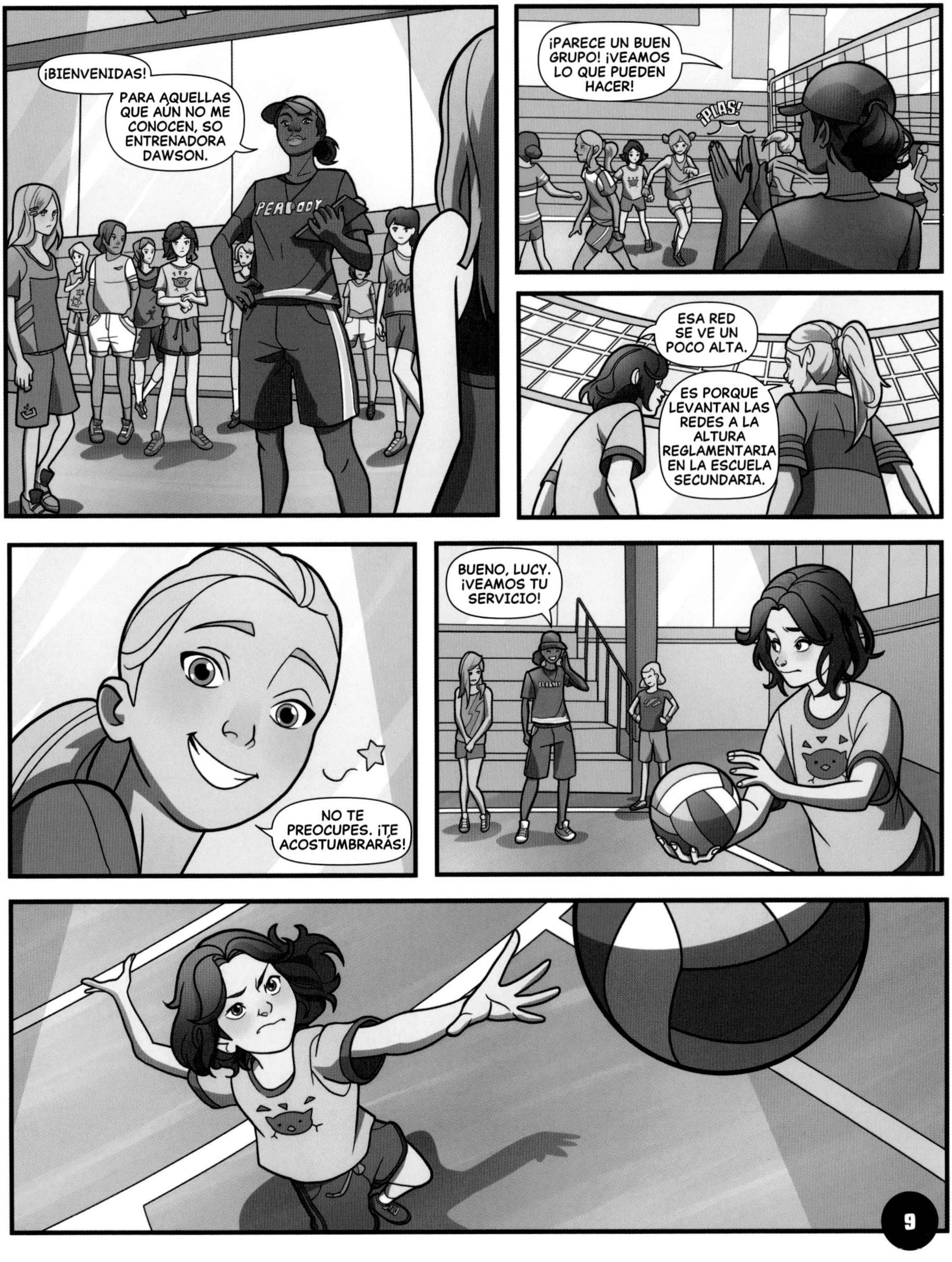
¡BIENVENIDAS!
PARA AQUELLAS QUE AÚN NO ME CONOCEN, SO ENTRENADORA DAWSON.
PEABODY
¡PARECE UN BUEN GRUPO! ¡VEAMOS LO QUE PUEDEN HACER!
¡PLAS!
ESA RED SE VE UN POCO ALTA.
ES PORQUE LEVANTAN LAS REDES A LA ALTURA REGLAMENTARIA EN LA ESCUELA SECUNDARIA.
NO TE PREOCUPES. ¡TE ACOSTUMBRARÁS!
BUENO, LUCY. ¡VEAMOS TU SERVICIO!

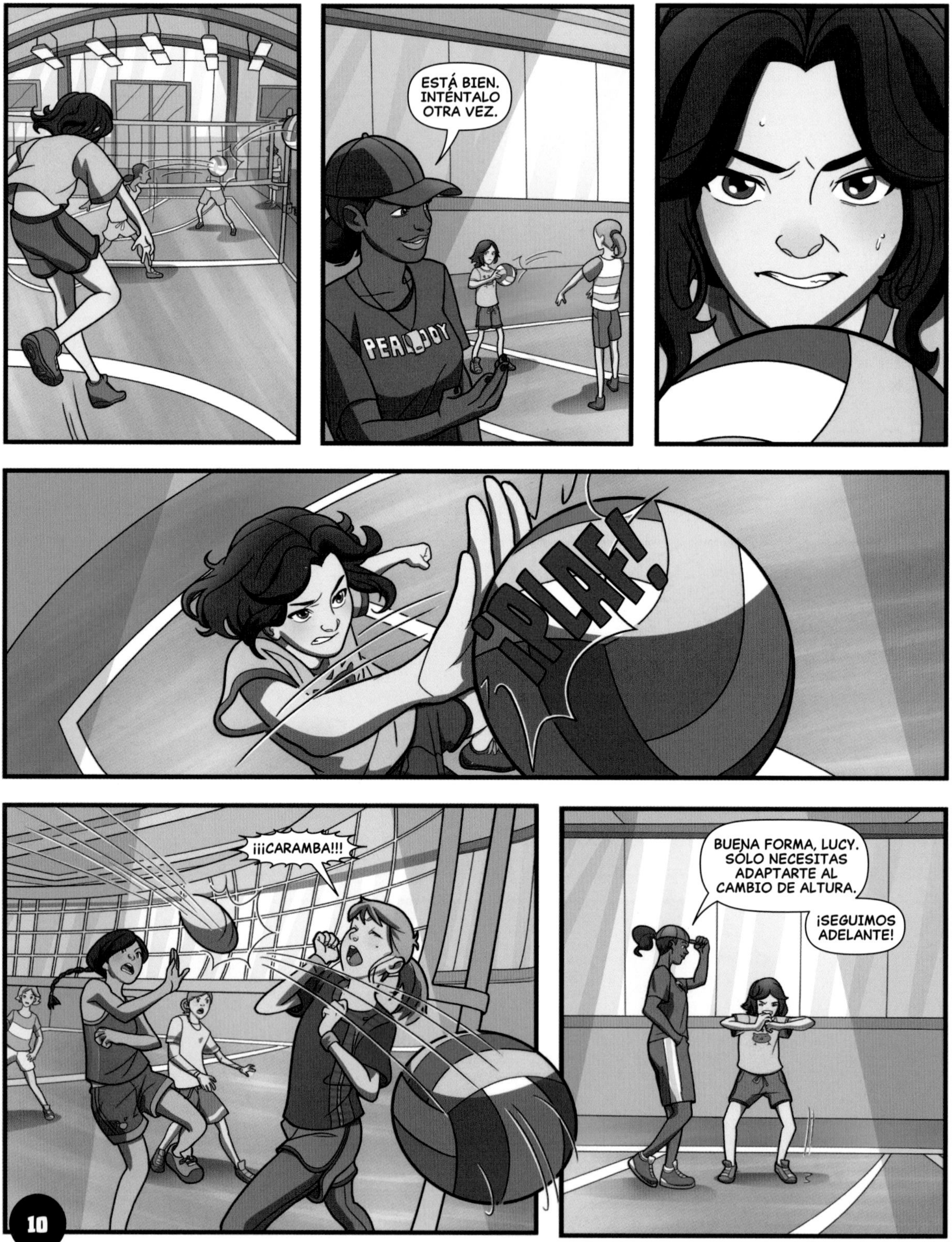
ESTÁ BIEN. INTÉNTALO OTRA VEZ.
PEARLBOY
¡PLAF!
¡¡¡CARAMBA!!!
BUENA FORMA, LUCY. SÓLO NECESITAS ADAPTARTE AL CAMBIO DE ALTURA.
¡SEGUIMOS ADELANTE!

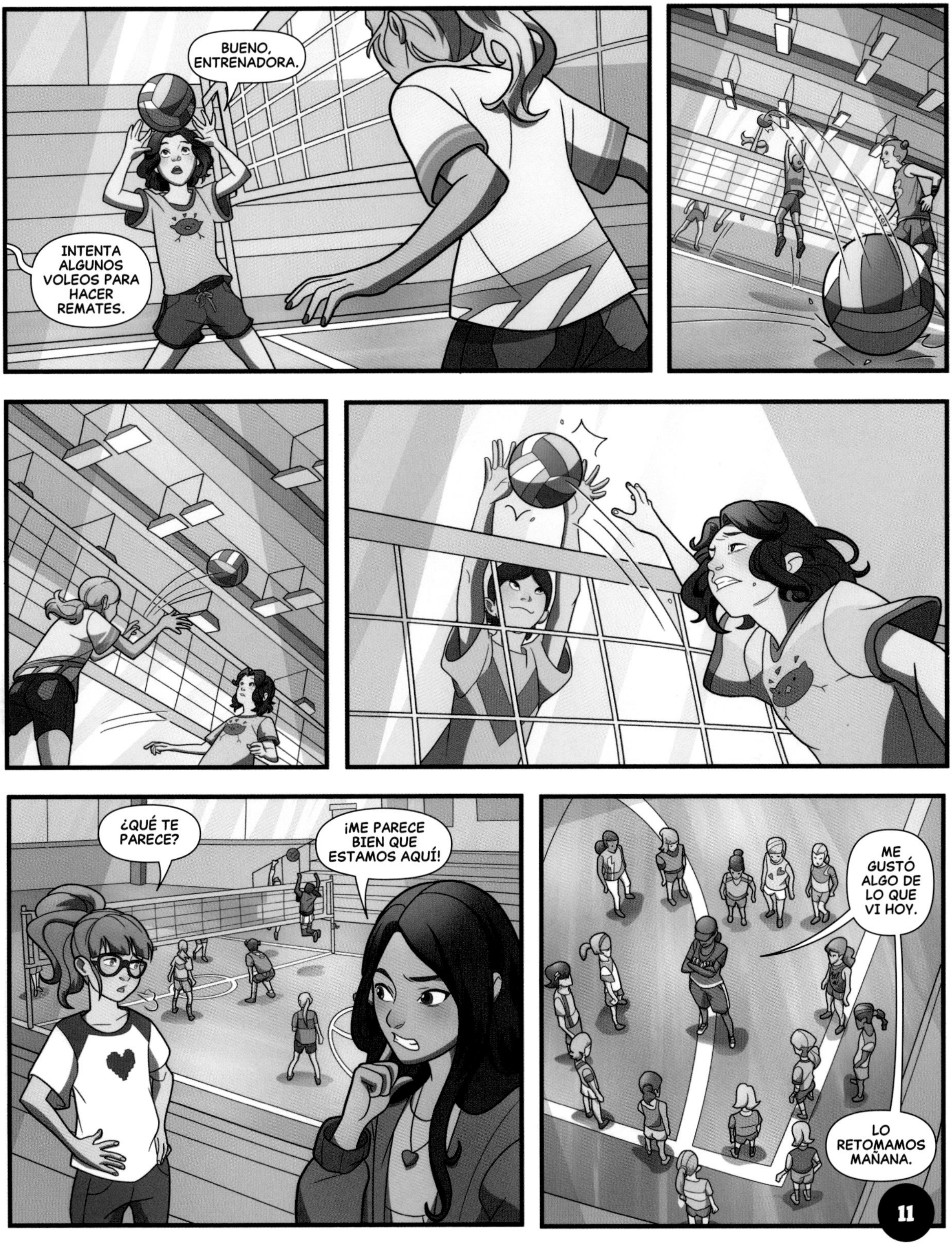
BUENO, ENTRENADORA.
INTENTA ALGUNOS VOLEOS PARA HACER REMATES.
¿QUÉ TE PARECE?
¡ME PARECE BIEN QUE ESTAMOS AQUÍ!
ME GUSTÓ ALGO DE LO QUE VI HOY.
LO RETOMAMOS MAÑANA.

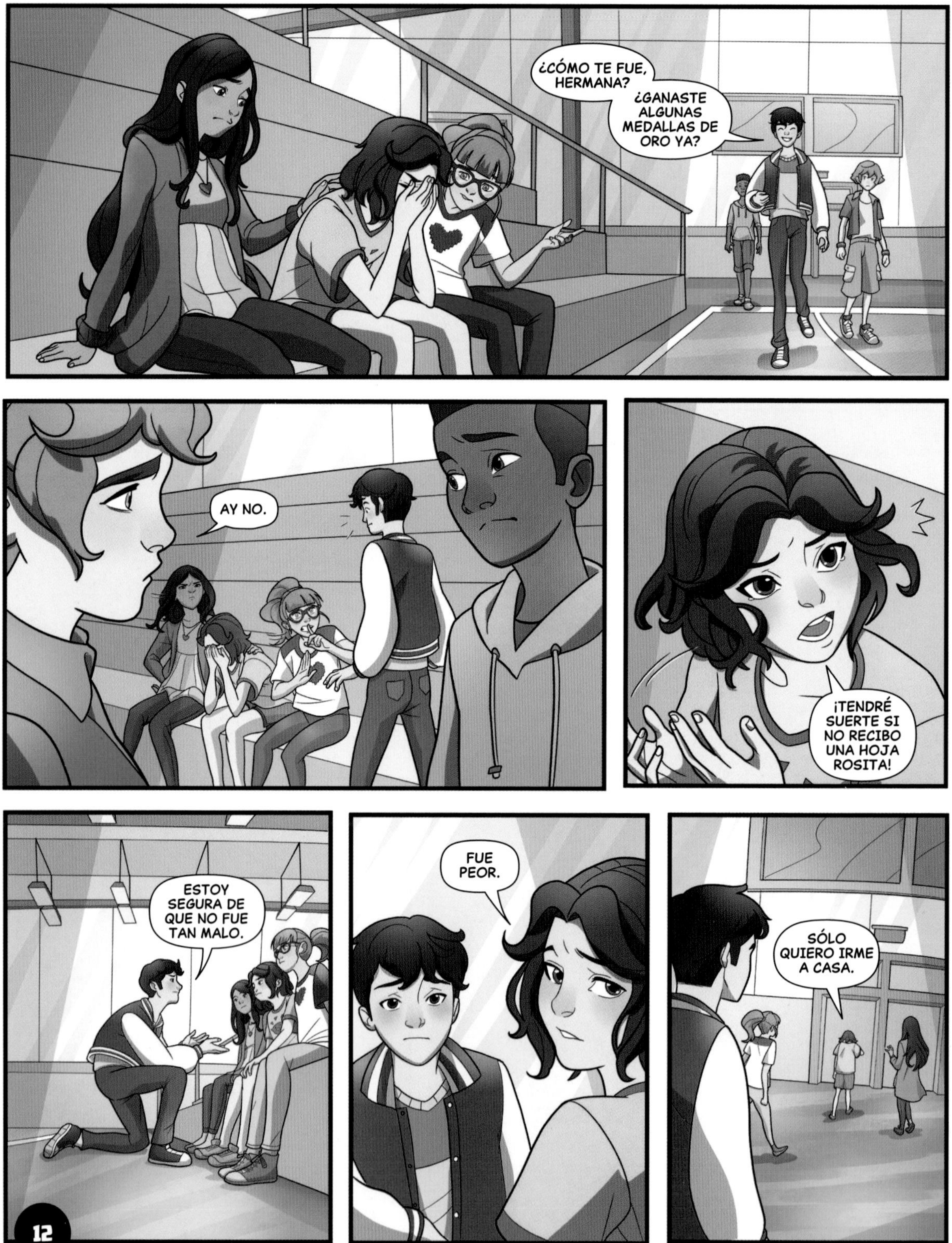
¿CÓMO TE FUE, HERMANA?
¿GANASTE ALGUNAS MEDALLAS DE ORO YA?
AY NO.
¡TENDRÉ SUERTE SI NO RECIBO UNA HOJA ROSITA!
ESTOY SEGURA DE QUE NO FUE TAN MALO.
FUE PEOR.
SÓLO QUIERO IRME A CASA.

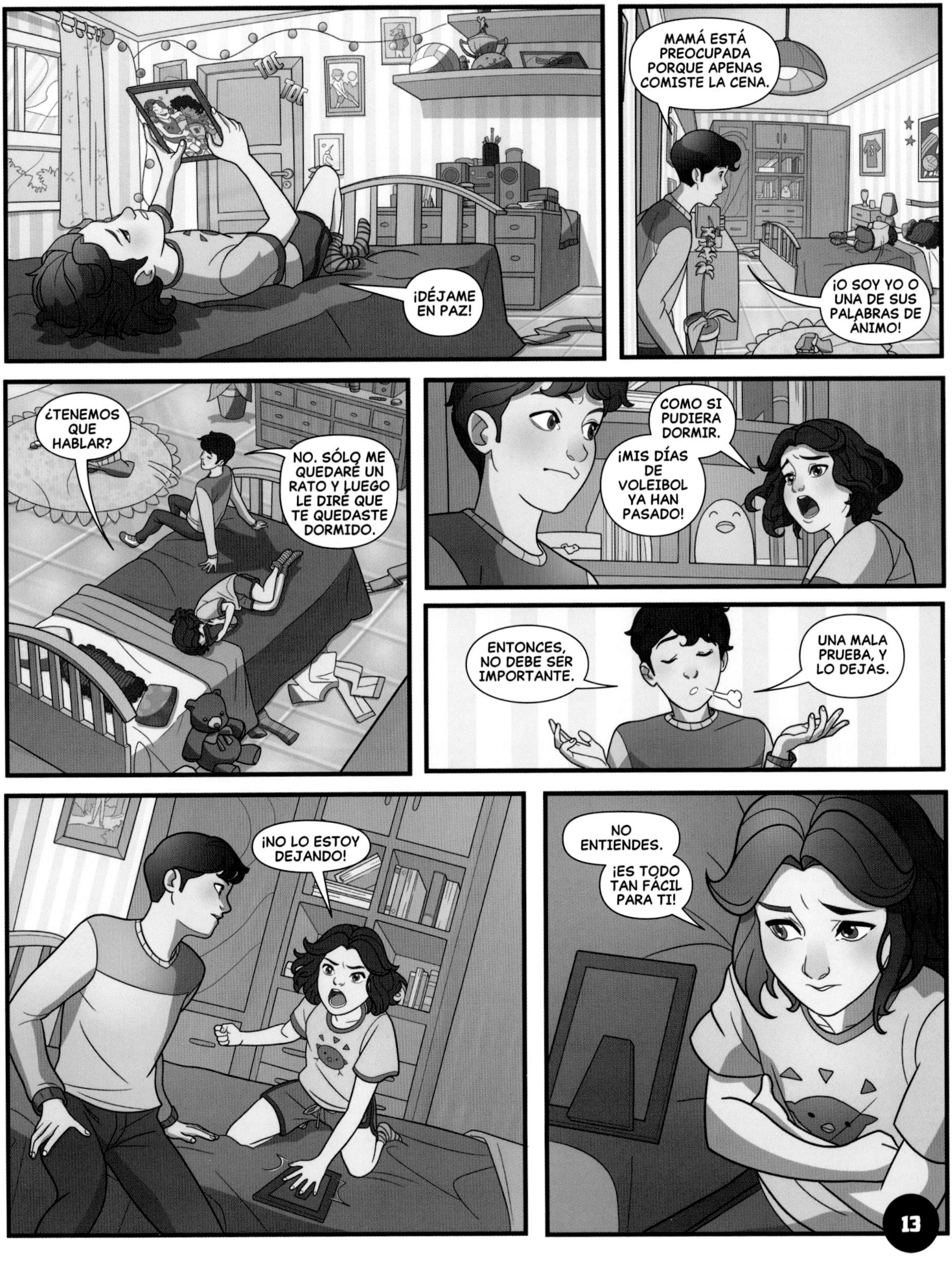
TOC
TOC
¡DÉJAME EN PAZ!
MAMÁ ESTÁ PREOCUPADA PORQUE APENAS COMISTE LA CENA.
¡O SOY YO O UNA DE SUS PALABRAS DE ÁNIMO!
¿TENEMOS QUE HABLAR?
NO. SÓLO ME QUEDARÉ UN RATO Y LUEGO LE DIRÉ QUE TE QUEDASTE DORMIDO.
COMO SI PUDIERA DORMIR.
¡MIS DÍAS DE VOLEIBOL YA HAN PASADO!
UNA MALA PRUEBA, Y LO DEJAS.
ENTONCES, NO DEBE SER IMPORTANTE.
¡NO LO ESTOY DEJANDO!
NO ENTIENDES.
¡ES TODO TAN FÁCIL PARA TI!

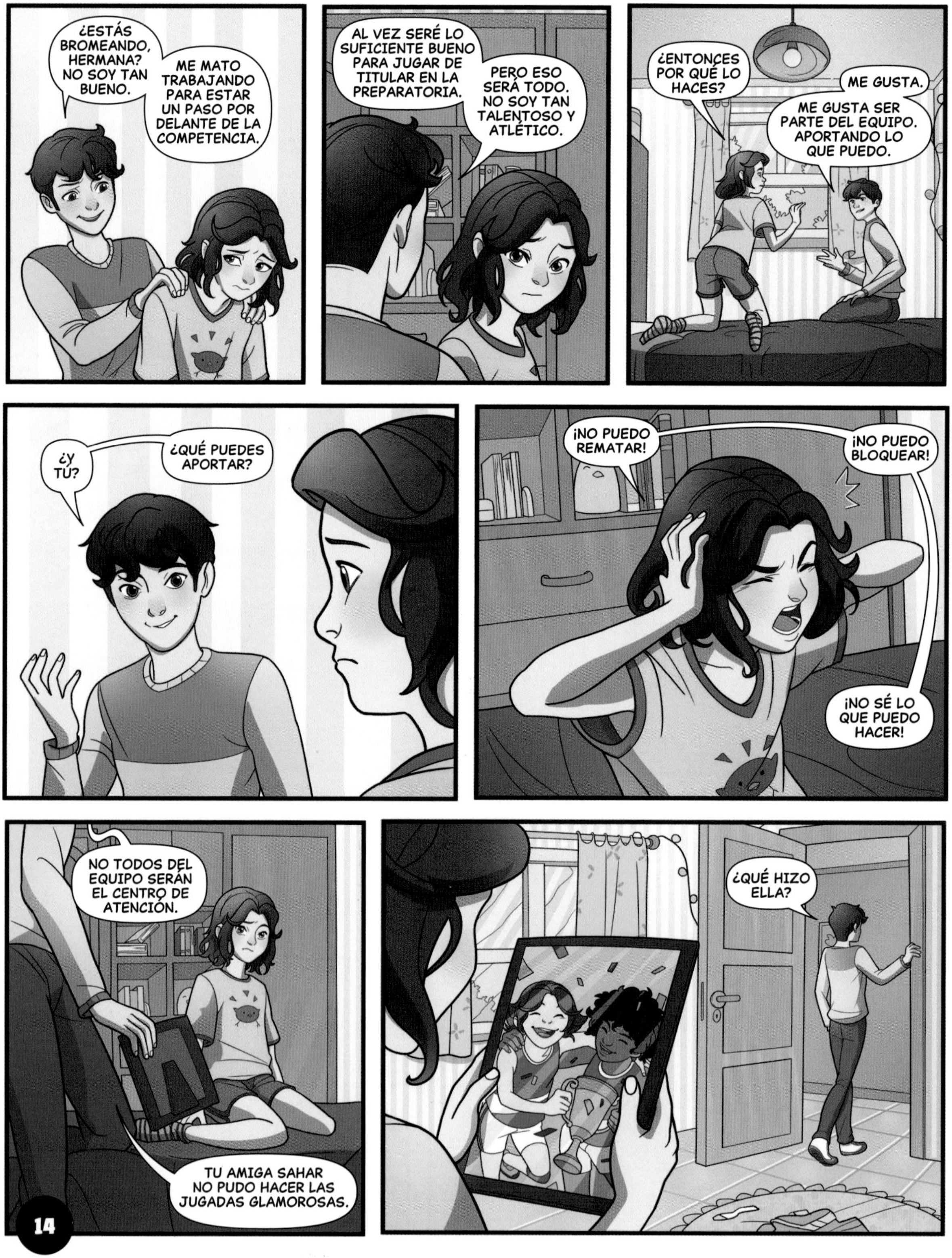
¿ESTÁS BROMEANDO, HERMANA? NO SOY TAN BUENO.
ME MATO TRABAJANDO PARA ESTAR UN PASO POR DELANTE DE LA COMPETENCIA.
AL VEZ SERÉ LO SUFICIENTE BUENO PARA JUGAR DE TITULAR EN LA PREPARATORIA.
PERO ESO SERÁ TODO. NO SOY TAN TALENTOSO Y ATLÉTICO.
¿ENTONCES POR QUÉ LO HACES?
ME GUSTA.
ME GUSTA SER PARTE DEL EQUIPO. APORTANDO LO QUE PUEDO.
¿Y TÚ?
¿QUÉ PUEDES APORTAR?
¡NO PUEDO REMATAR!
¡NO PUEDO BLOQUEAR!
¡NO SÉ LO QUE PUEDO HACER!
NO TODOS DEL EQUIPO SERÁN EL CENTRO DE ATENCIÓN.
TU AMIGA SAHAR NO PUDO HACER LAS JUGADAS GLAMOROSAS.
¿QUÉ HIZO ELLA?

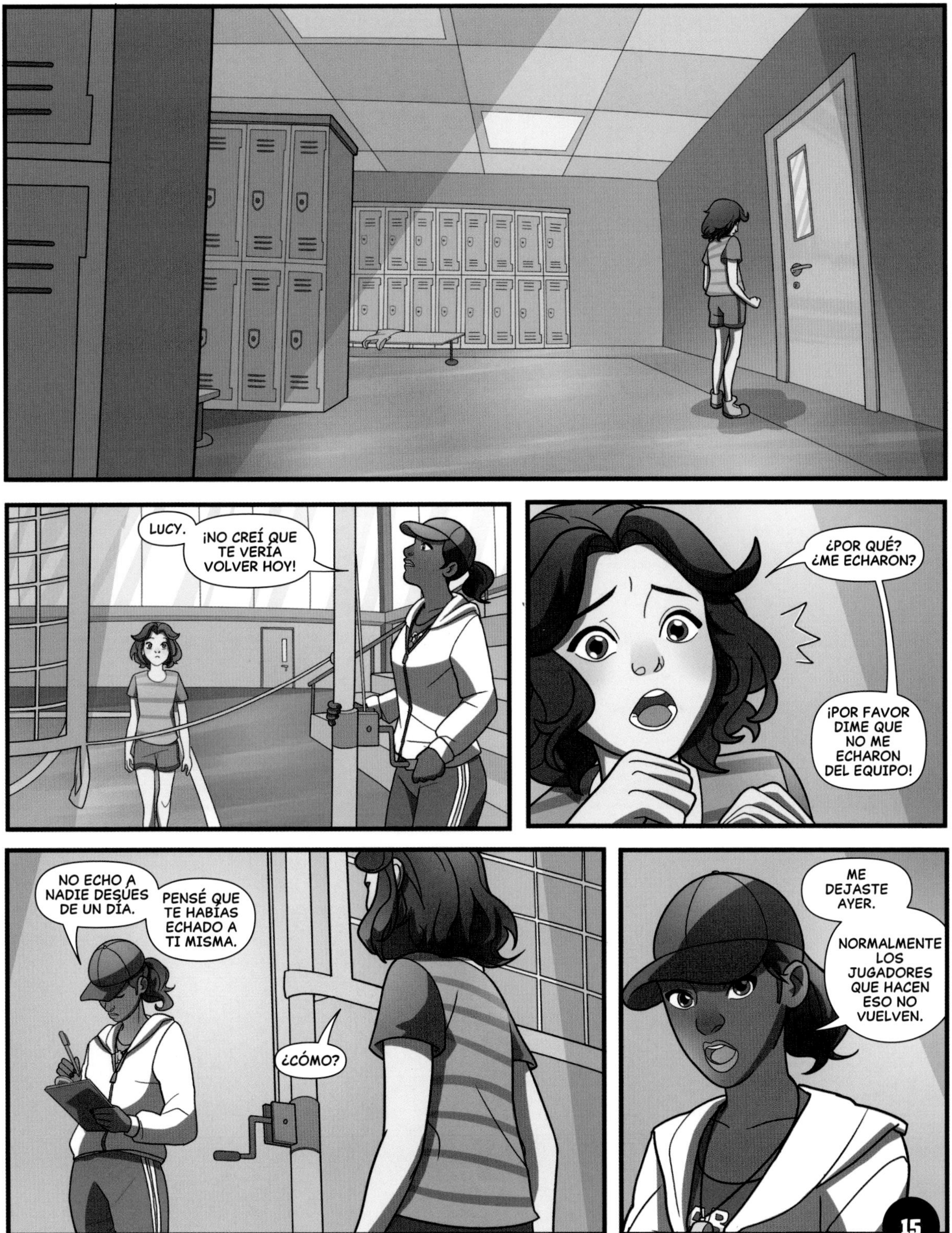
LUCY.
¡NO CREÍ QUE TE VERÍA VOLVER HOY!
¿POR QUÉ? ¿ME ECHARON?
¡POR FAVOR DIME QUE NO ME ECHARON DEL EQUIPO!
NO ECHO A NADIE DESÚES DE UN DÍA.
PENSÉ QUE TE HABÍAS ECHADO A TI MISMA.
¿CÓMO?
ME DEJASTE AYER.
NORMALMENTE LOS JUGADORES QUE HACEN ESO NO VUELVEN.

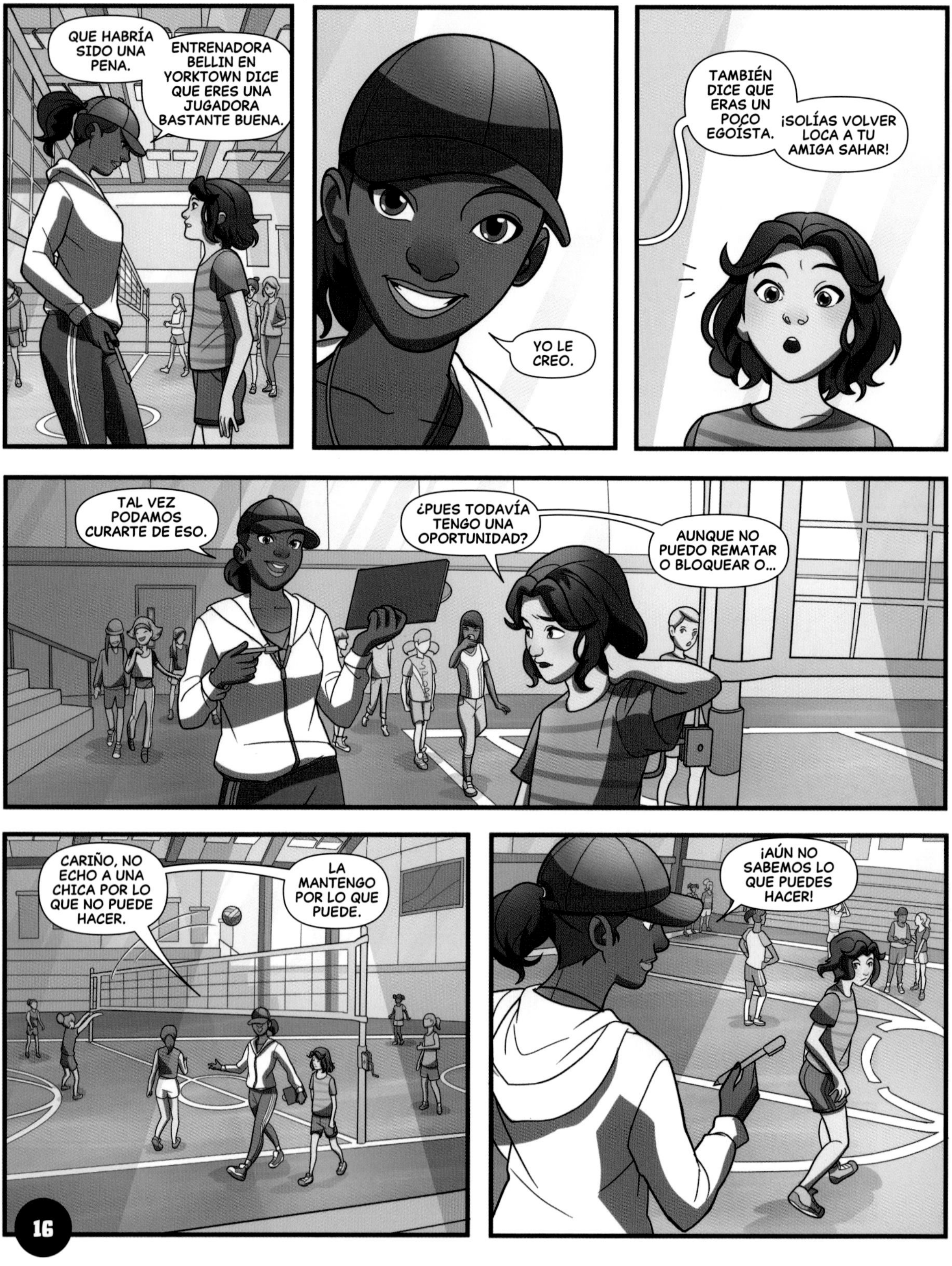
QUE HABRÍA SIDO UNA PENA.
ENTRENADORA BELLIN EN YORKTOWN DICE QUE ERES UNA JUGADORA BASTANTE BUENA.
YO LE CREO.
TAMBIÉN DICE QUE ERAS UN POCO EGOÍSTA.
¡SOLÍAS VOLVER LOCA A TU AMIGA SAHAR!
TAL VEZ PODAMOS CURARTE DE ESO.
¿PUES TODAVÍA TENGO UNA OPORTUNIDAD?
AUNQUE NO PUEDO REMATAR O BLOQUEAR O...
CARIÑO, NO ECHO A UNA CHICA POR LO QUE NO PUEDE HACER.
LA MANTENGO POR LO QUE PUEDE.
¡AÚN NO SABEMOS LO QUE PUEDES HACER!

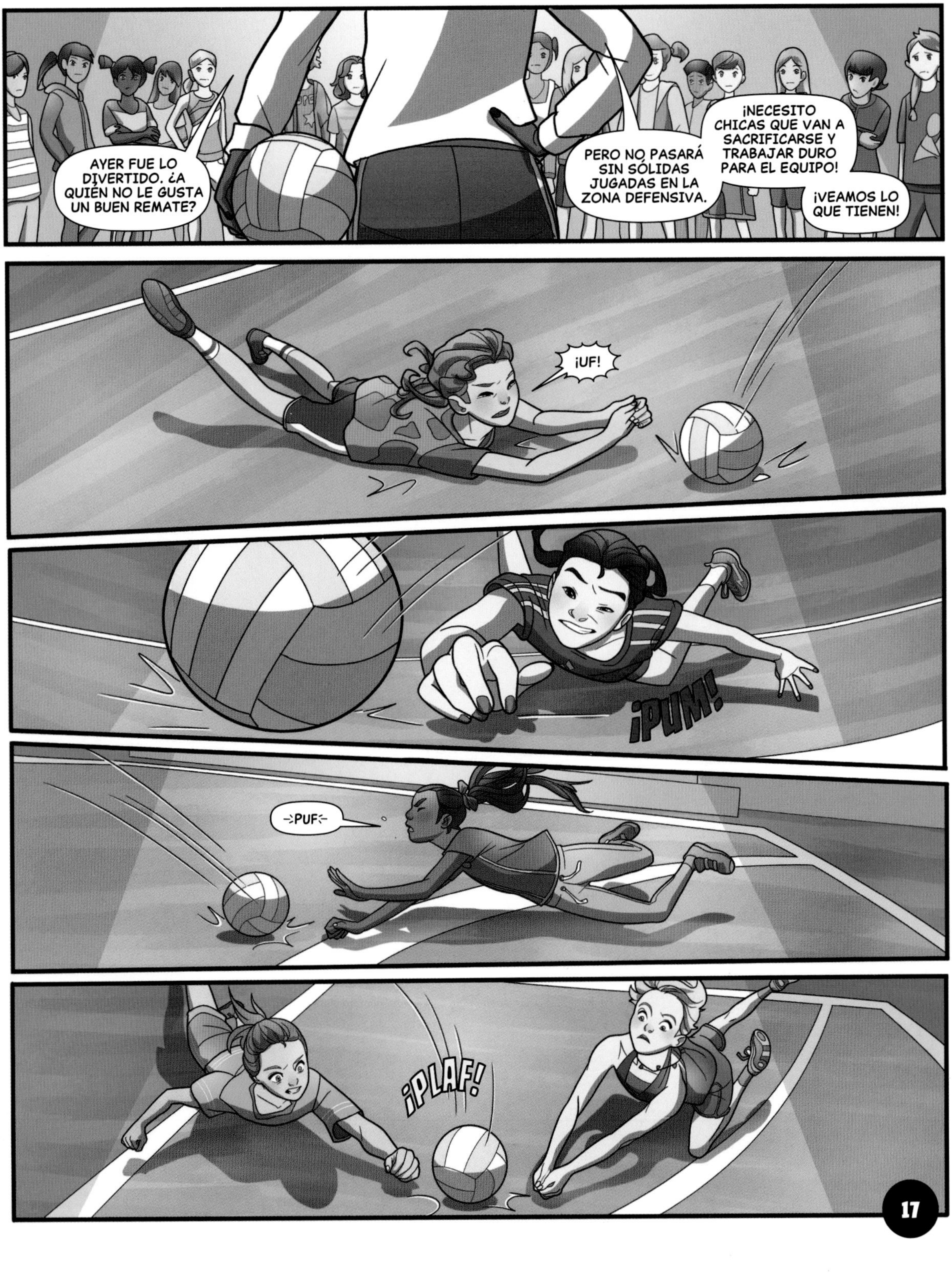
AYER FUE LO DIVERTIDO. ¿A QUIÉN NO LE GUSTA UN BUEN REMATE?
PERO NO PASARÁ SIN SÓLIDAS JUGADAS EN LA ZONA DEFENSIVA.
¡NECESITO CHICAS QUE VAN A SACRIFICARSE Y TRABAJAR DURO PARA EL EQUIPO!
¡VEAMOS LO QUE TIENEN!
¡UF!
¡PUM!
PUF
¡PLAF!

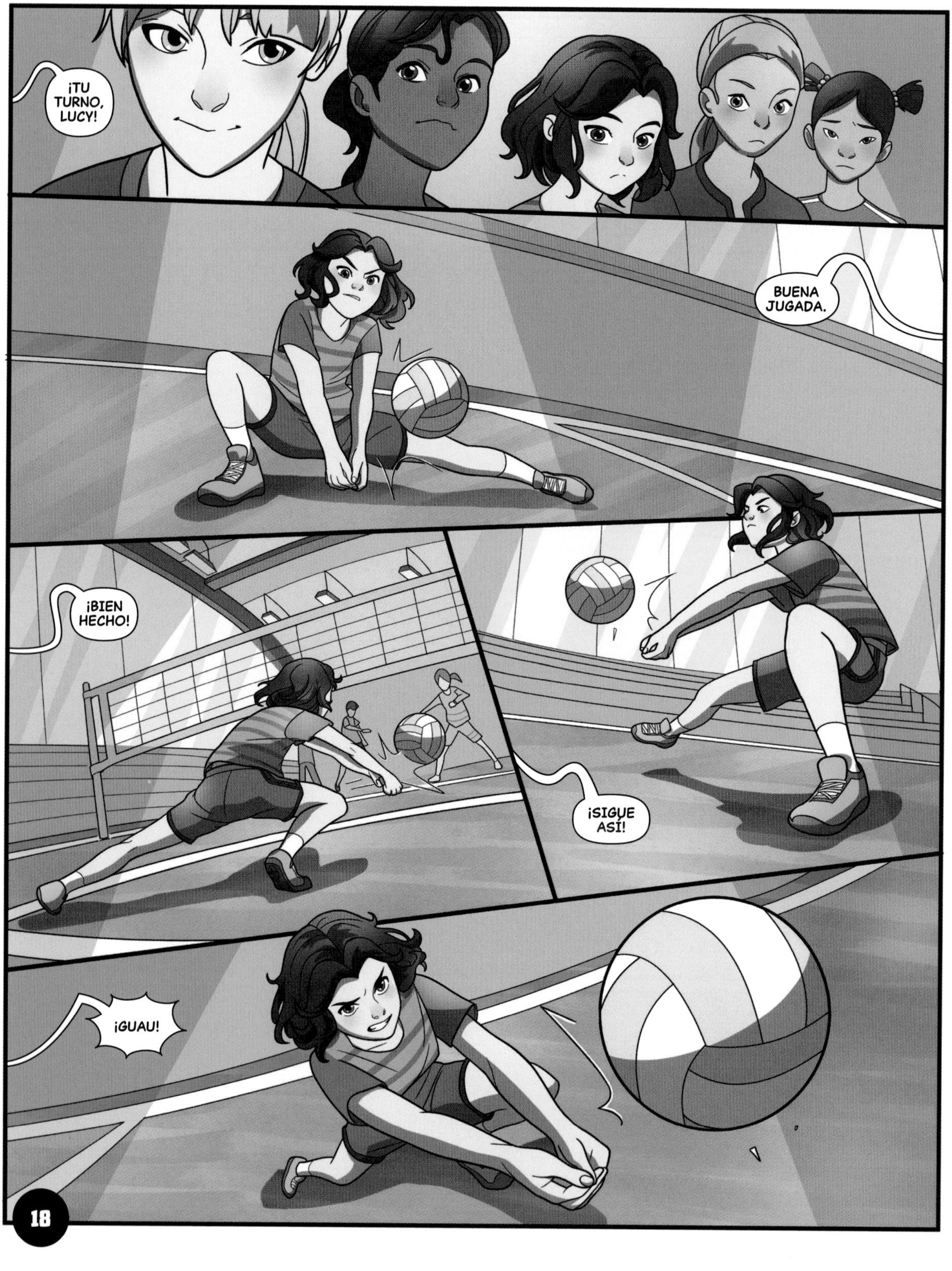
¡TU TURNO, LUCY!
BUENA JUGADA.
¡BIEN HECHO!
¡SIGUE ASÍ!
¡GUAU!

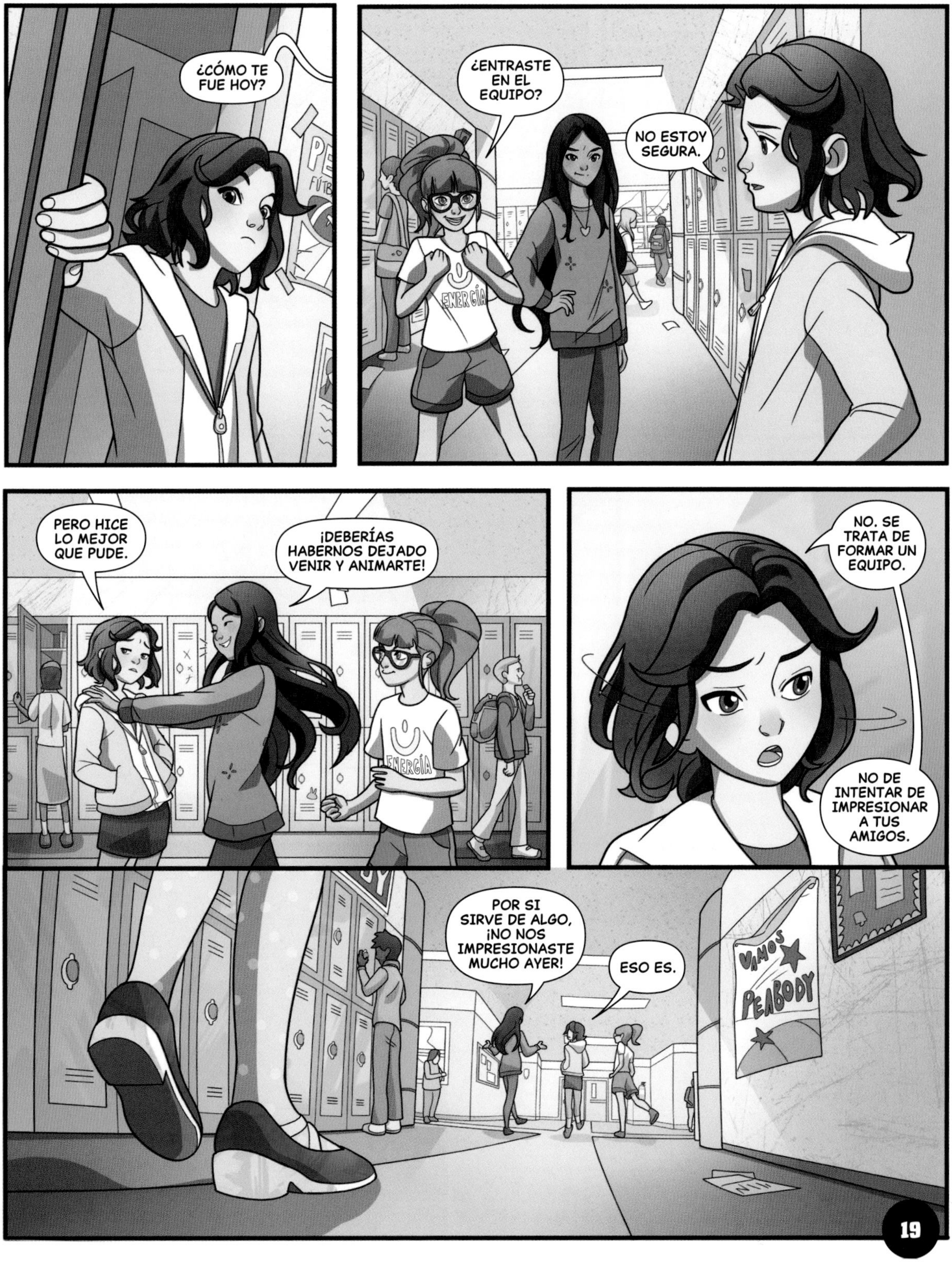

¿CÓMO TE FUE HOY?
¿ENTRASTE EN EL EQUIPO?
NO ESTOY SEGURA.
PERO HICE LO MEJOR QUE PUDE.
¡DEBERÍAS HABERNOS DEJADO VENIR Y ANIMARTE!
NO. SE TRATA DE FORMAR UN EQUIPO.
NO DE INTENTAR DE IMPRESIONAR A TUS AMIGOS.
POR SI SIRVE DE ALGO, ¡NO NOS IMPRESIONASTE MUCHO AYER!
ESO ES.
VAMOS PEABODY

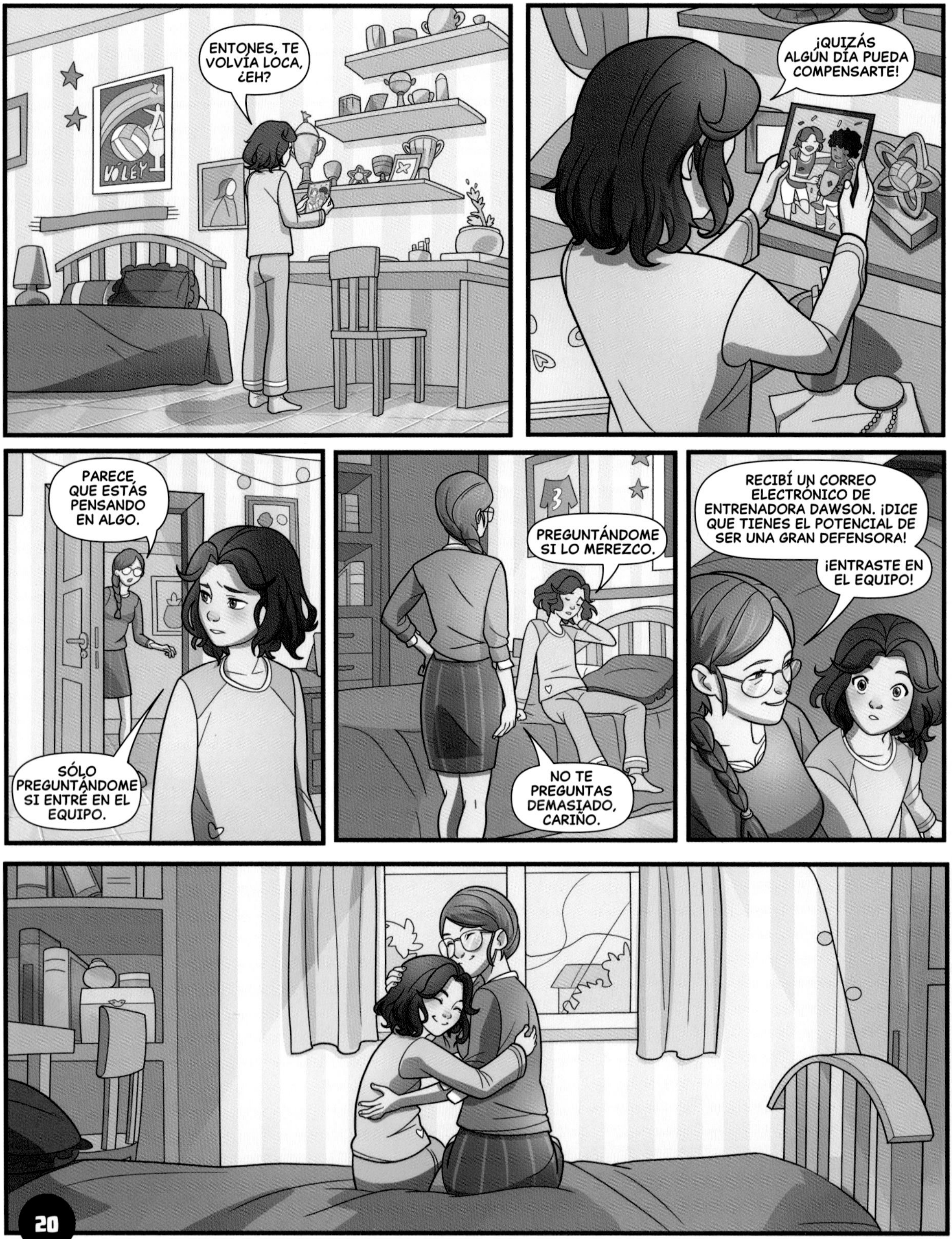
ENTONES, TE VOLVÍA LOCA, ¿EH?
¡QUIZÁS ALGÚN DÍA PUEDA COMPENSARTE!
PARECE QUE ESTÁS PENSANDO EN ALGO.
SÓLO PREGUNTÁNDOME SI ENTRÉ EN EL EQUIPO.
PREGUNTÁNDOME SI LO MEREZCO.
NO TE PREGUNTAS DEMASIADO, CARIÑO.
RECIBÍ UN CORREO ELECTRÓNICO DE ENTRENADORA DAWSON. ¡DICE QUE TIENES EL POTENCIAL DE SER UNA GRAN DEFENSORA!
¡ENTRASTE EN EL EQUIPO!

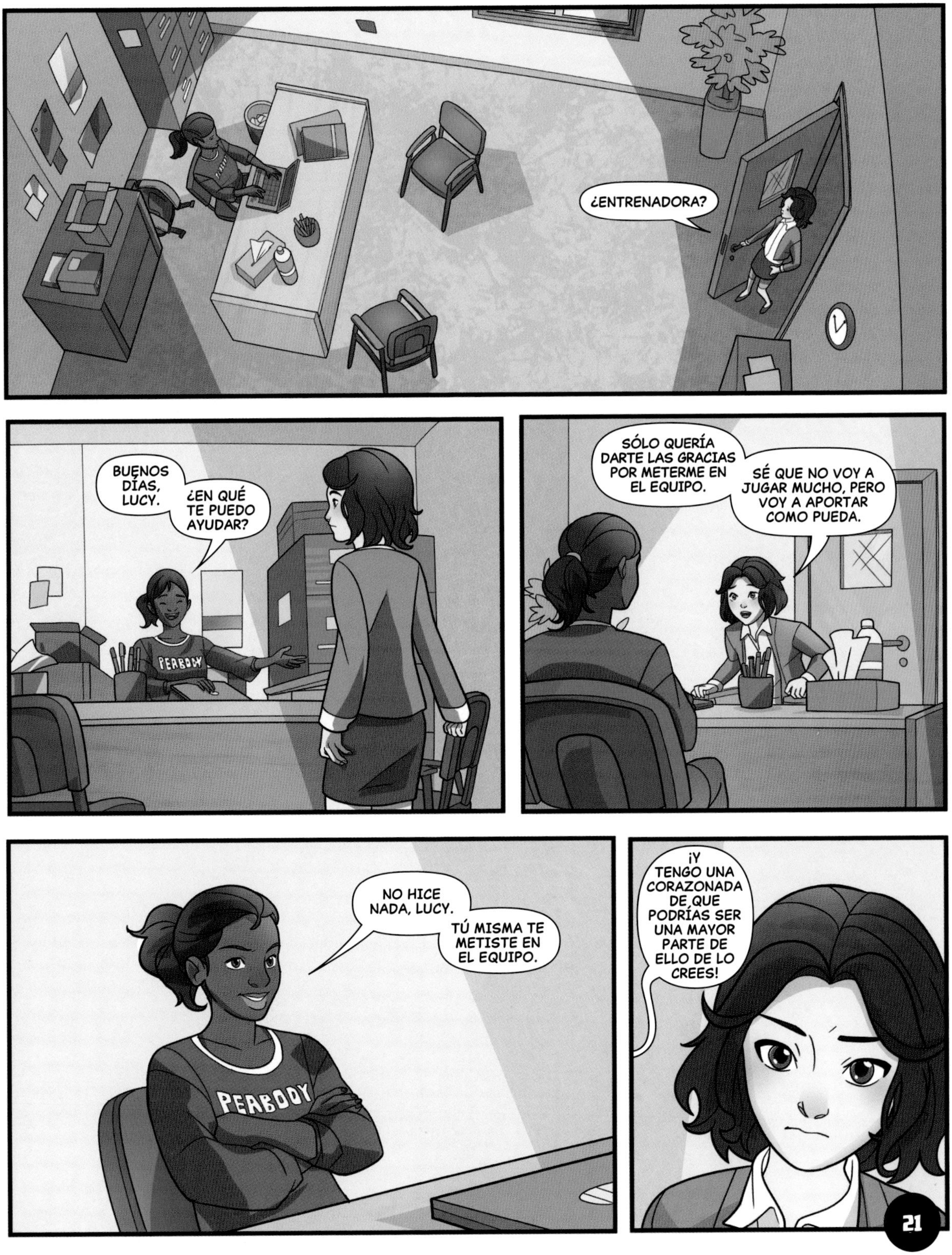
¿ENTRENADORA?
BUENOS DÍAS, LUCY.
¿EN QUÉ TE PUEDO AYUDAR?
SÓLO QUERÍA DARTE LAS GRACIAS POR METERME EN EL EQUIPO.
SÉ QUE NO VOY A JUGAR MUCHO, PERO VOY A APORTAR COMO PUEDA.
NO HICE NADA, LUCY.
TÚ MISMA TE METISTE EN EL EQUIPO.
¡Y TENGO UNA CORAZONADA DE QUE PODRÍAS SER UNA MAYOR PARTE DE ELLO DE LO CREES!

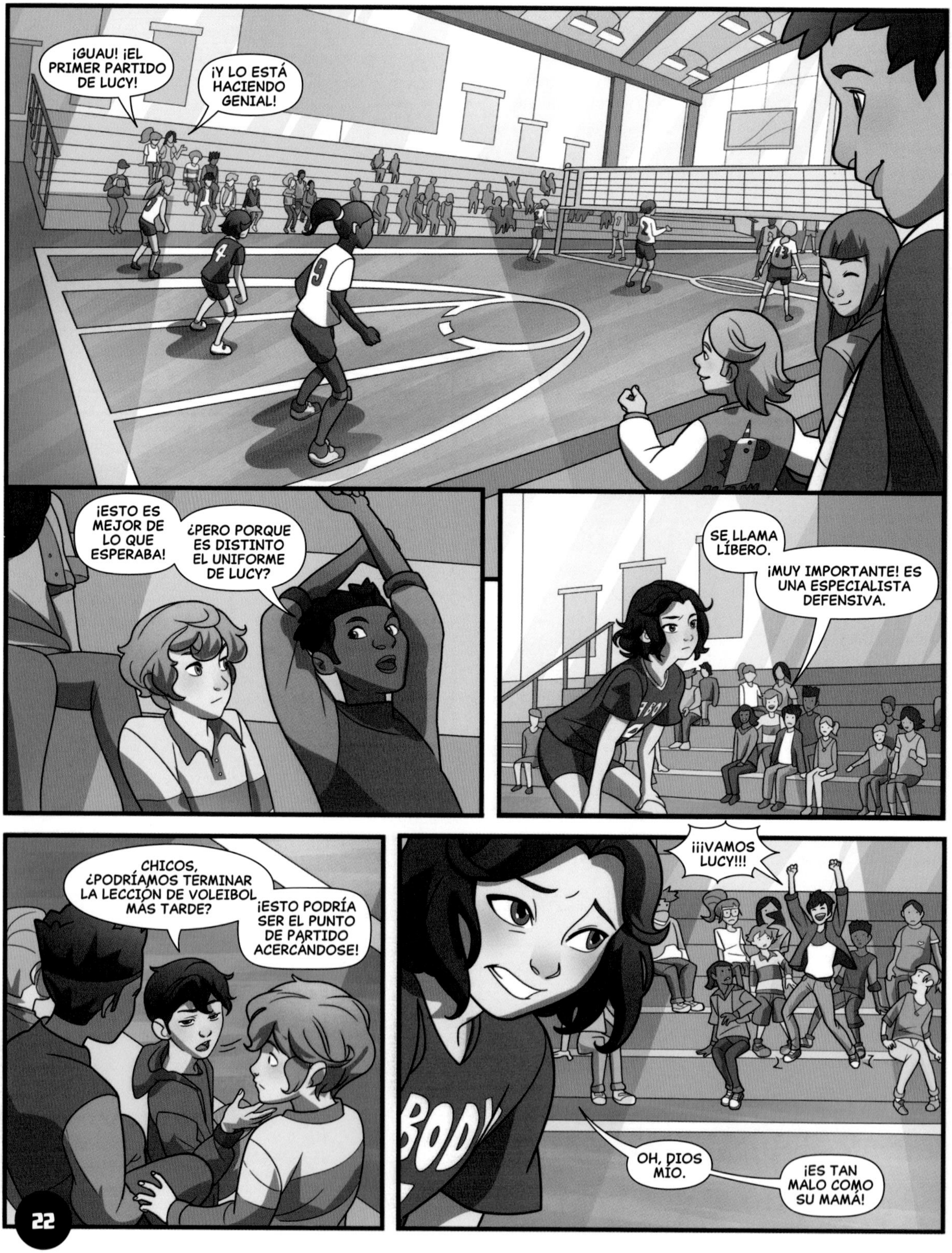
¡GUAU! ¡EL PRIMER PARTIDO DE LUCY!
¡Y LO ESTÁ HACIENDO GENIAL!
¡ESTO ES MEJOR DE LO QUE ESPERABA!
¿PERO PORQUE ES DISTINTO EL UNIFORME DE LUCY?
SE LLAMA LÍBERO.
¡MUY IMPORTANTE! ES UNA ESPECIALISTA DEFENSIVA.
CHICOS, ¿PODRÍAMOS TERMINAR LA LECCIÓN DE VOLEIBOL MÁS TARDE?
¡ESTO PODRÍA SER EL PUNTO DE PARTIDO ACERCÁNDOSE!
¡¡¡VAMOS LUCY!!!
OH, DIOS MÍO.
¡ES TAN MALO COMO SU MAMÁ!

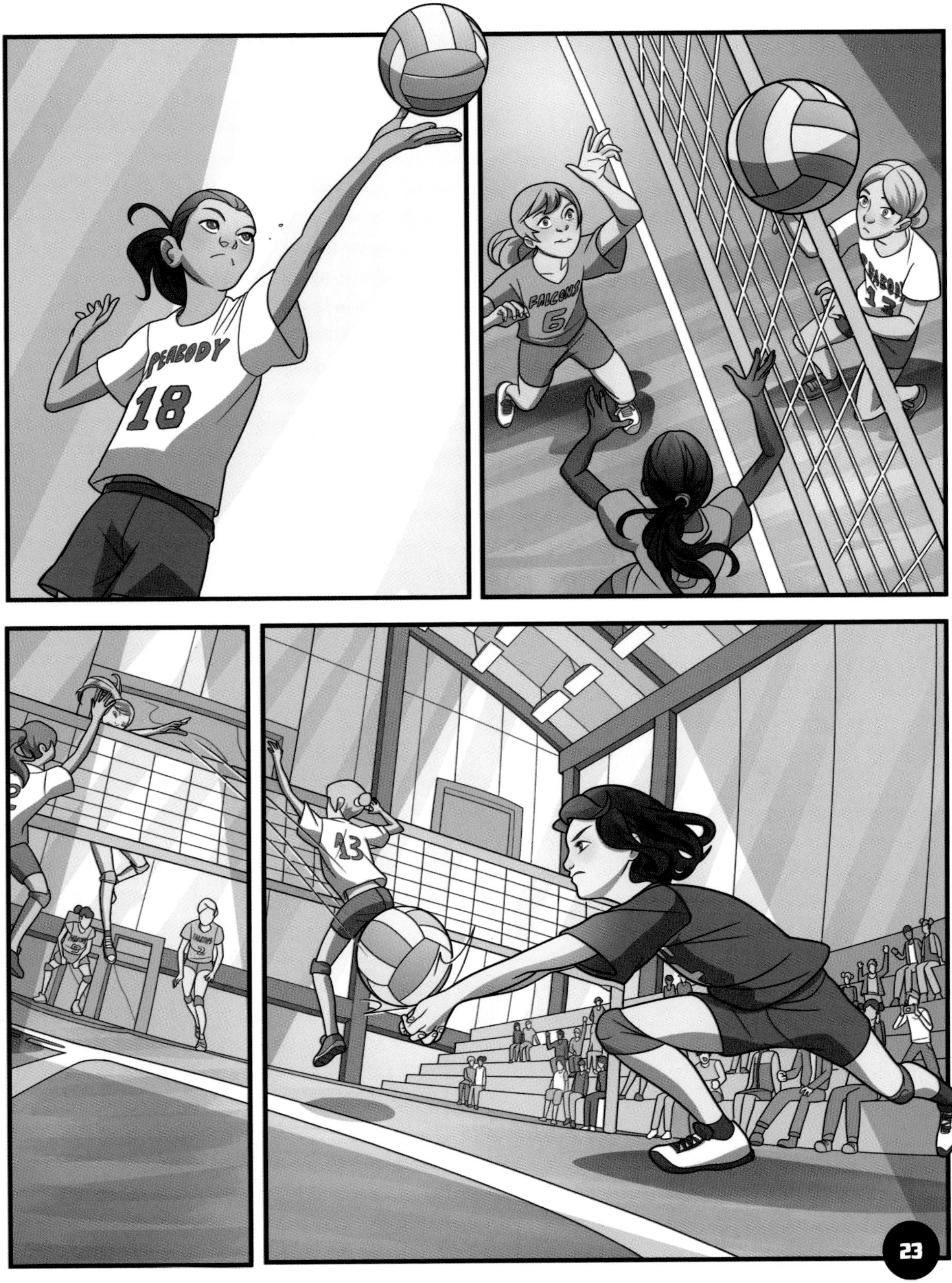
PEABODY
18
FALCONS
6
13

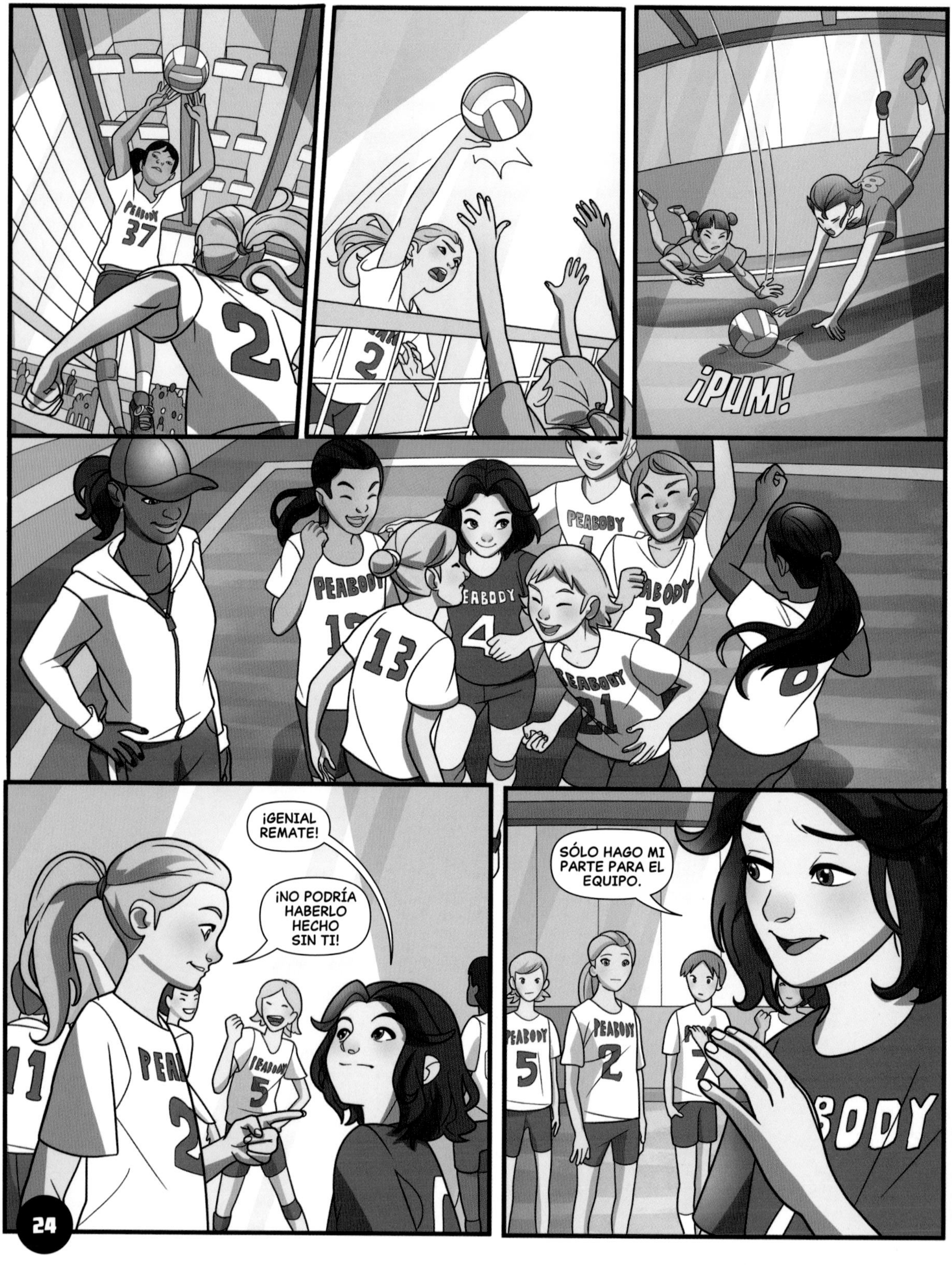
PEABODY
37
¡PUM!
PEABODY
¡GENIAL REMATE!
¡NO PODRÍA HABERLO HECHO SIN TI!
SÓLO HAGO MI PARTE PARA EL EQUIPO.

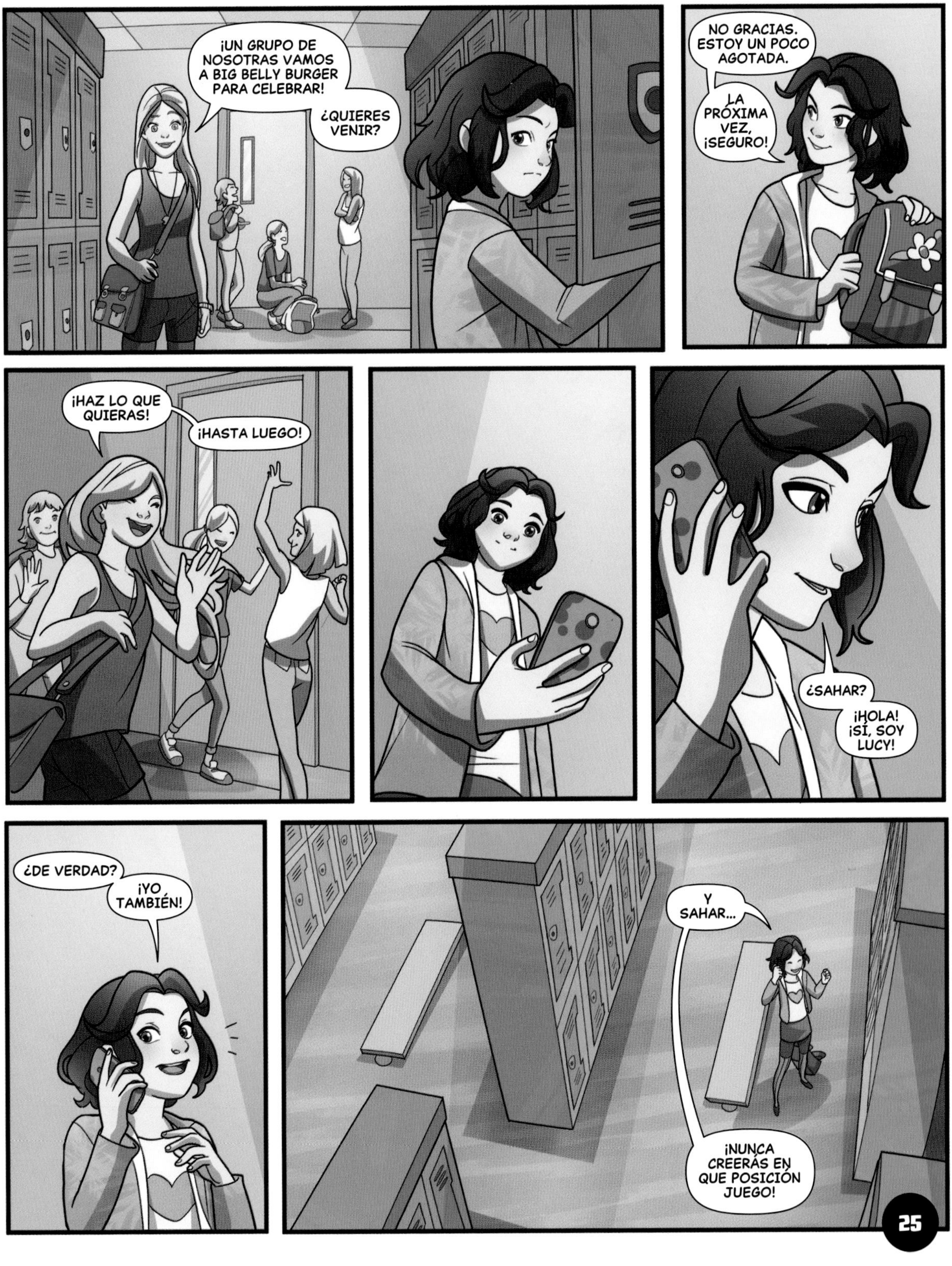
¡UN GRUPO DE NOSOTRAS VAMOS A BIG BELLY BURGER PARA CELEBRAR!
¿QUIERES VENIR?
NO GRACIAS. ESTOY UN POCO AGOTADA.
LA PRÓXIMA VEZ, ¡SEGURO!
¡HAZ LO QUE QUIERAS!
¡HASTA LUEGO!
¿SAHAR?
¡HOLA! ¡SÍ, SOY LUCY!
¿DE VERDAD?
¡YO TAMBIÉN!
Y SAHAR...
¡NUNCA CREERÁS EN QUE POSICIÓN JUEGO!

LUCY &

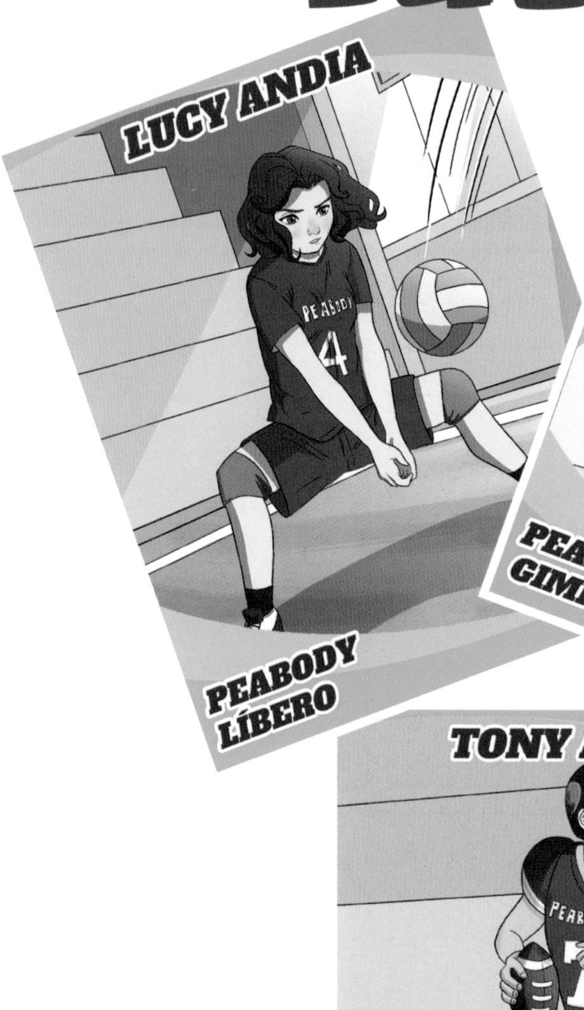
LUCY ANDIA
PEABODY
LÍBERO

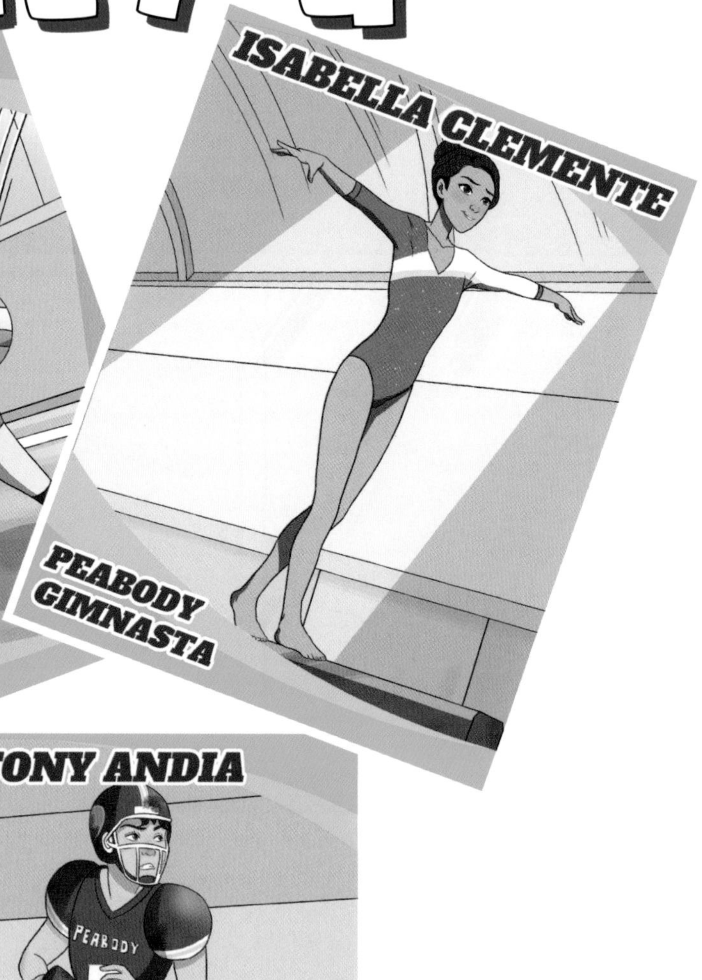
ISABELLA CLEMENTE
PEABODY
GIMNASTA

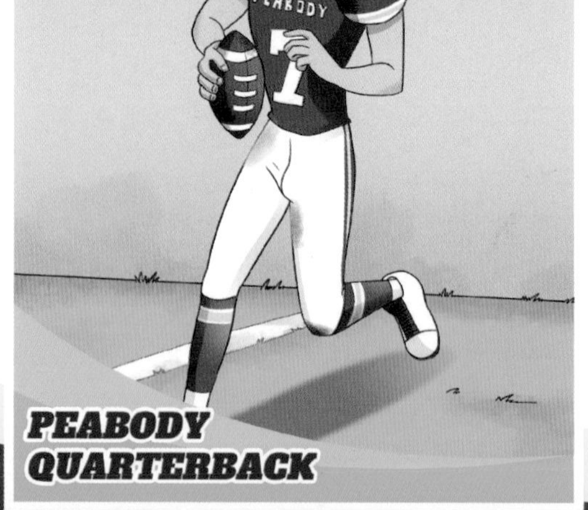
TONY ANDIA
PEABODY
QUARTERBACK

AMIGOS

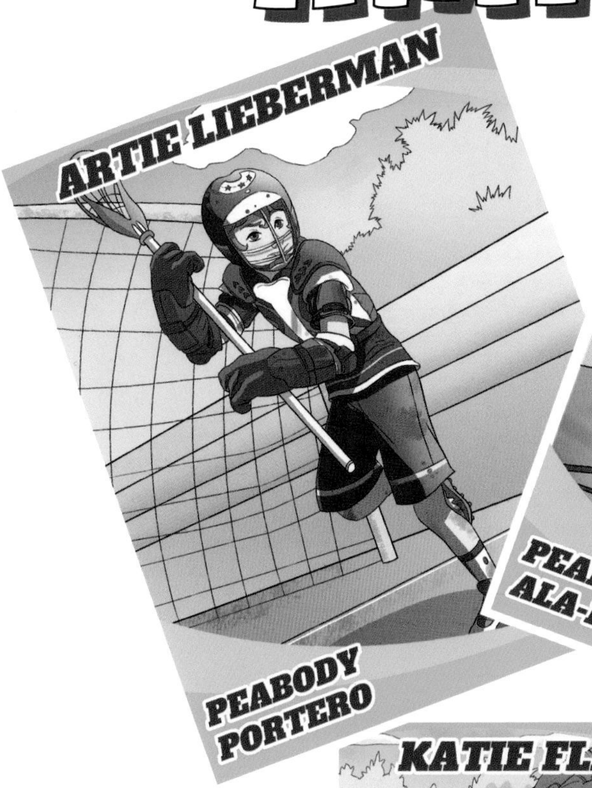
ARTIE LIEBERMAN
PEABODY
PORTERO

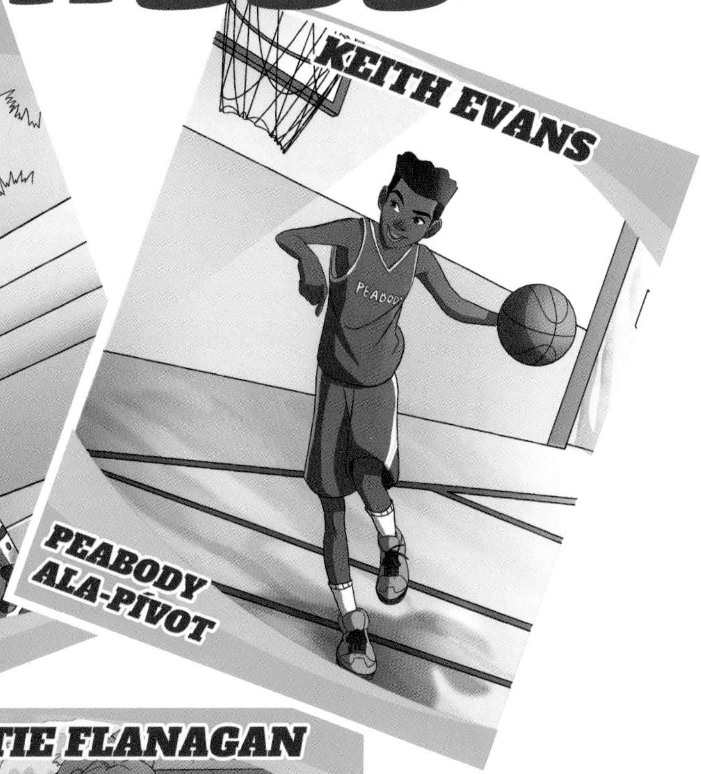
KEITH EVANS
PEABODY
PEABODY
ALA-PÍVOT

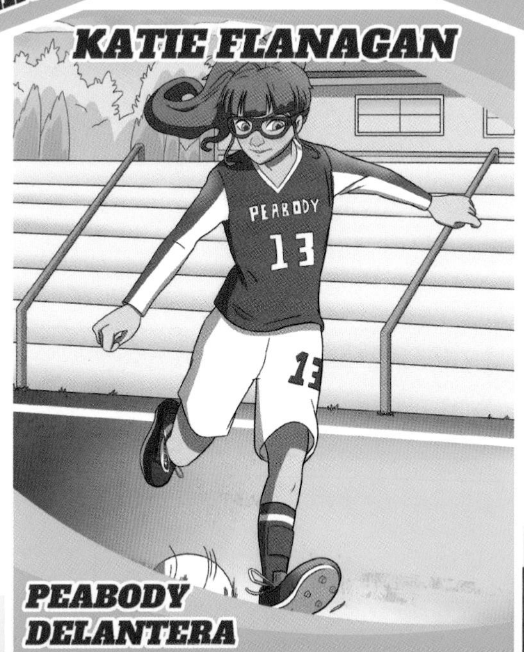
KATIE FLANAGAN
PEABODY
13
13
PEABODY
DELANTERA

PRUEBA DE

1. ¿Quién inventó el deporte que se convirtió en voleibol?

a. James Naismith
b. William G. Morgan
c. William B. Yu
d. James Wilder

2. ¿En qué año se inventó la primera forma del deporte?

a. 1785
b. 1875
c. 1895
d. 1995

3. ¿Dónde se jugó el primer partido de voleibol?

a. Holyoke, Massachusetts
b. Syracuse, Nueva York
c. Manila, Filipinas
d. North Agincourt, Ontario

4. Los Estados Unidos presentaron el voleibol por primera vez en los Juegos Olímpicos de Paris en 1924. ¿En qué año se convirtió en un deporte olímpico?

a. 1939
b. 1942
c. 1964
d. 1973

5. ¿Acerca de cuántas personas alrededor del mundo juegan voleibol cada semana?

a. un mil
b. cien mil
c. un millón
d. mil millones

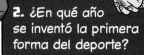

VOLEIBOL

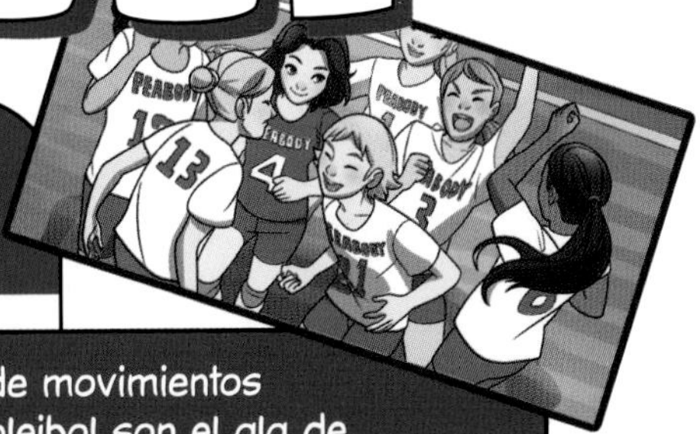

6. ¿Aproximadamente cuántos balones de voleibol fueron donados a los soldados aliados en la Segunda Guerra Mundial?

a. 1,600
b. 16,000
c. 160,000
d. 1,600,000

7. ¿Qué tipo de movimientos técnicos de voleibol son el ala de pollo, el panqueque, y el crepé?

a. servicios o saques
b. colocaciones
c. saltos
d. digs y recepciones o bloqueos

8. ¿En qué año fue el primer campeonato mundial de voleibol masculino?

a. 1895
b. 1924
c. 1949
d. 1964

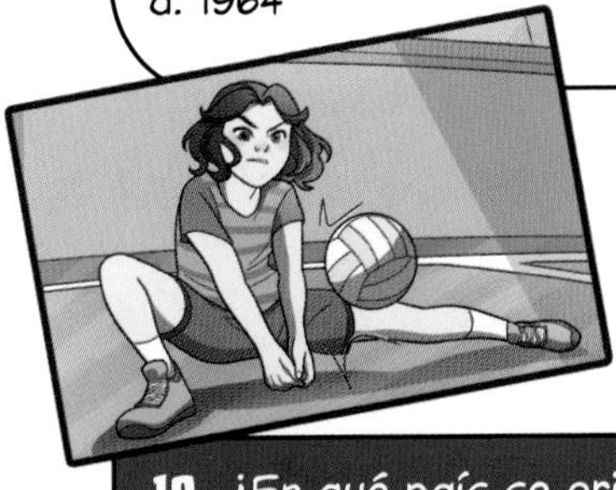

9. ¿En qué año se incorporó el voleibol de playa como un deporte oficial en los Juegos Olímpicos de verano?

a. 1896
b. 1926
c. 1986
d. 1996

10. ¿En qué país se originaron los toques y los remates como concepto de ataque en el voleibol?

a. Filipinas
b. Alemania
c. Canadá
d. Estados Unidos

* Respuestas en la página 32

¿Y TÚ QUÉ PIENSAS?

El trabajo en equipo es crucial en muchos deportes. Sin embargo, en el voleibol un jugador sólo puede tocar el balón una vez y después TIENE que compartir con un compañero del equipo. Otras veces los jugadores necesitan saltar como un grupo para formar una pared para bloquear el balón. ¡Asi que es importante estar listos para ayudarse unos a otros!

- ¿Por qué crees que fue vista Lucy como egoísta por su Entrenadora anterior, aunque ayudó al equipo a ganar?

- ¿Qué crees que es más importante, anotando puntos como un individuo en una derrota, o ayudar a los compañeros de equipo anotar más puntos que tú en una victoria?

- Si fueras Lucy, ¿cómo habrías reaccionado a no ser tan bueno como querías ser? ¿Cómo habrías reaccionado si fueras Sahar y siempre dando la gloria a otra jugadora todo el tiempo?

- Cuando Lucy volvió para la segunda prueba del equipo, ¿qué le mostró a Entrenadora Dawson sobre su esfuerzo para demostrar el trabajo en equipo?

- ¿Cómo demostraron las otras chicas de las pruebas el trabajo en equipo y espíritu deportivo a lo largo del proceso de las pruebas y el partido? ¿Qué puedes hacer para ser un mejor compañero de equipo en tu deporte?

DATOS CURIOSOS DE VOLEIBOL

1. El voleibol fue inventado en una Asociación Cristiana de Jóvenes YMCA como una alternativa menos física que el baloncesto. Originalmente que se llamaba mintonette puesto que las reglas originales eran similares al bádminton. El deporte fue renombrado balón voleo en 1896, y voleibol en 1952.

2. El voleibol de playa nació en Hawái y California en la década de 1920. Hoy se juega en playas en todo el mundo. En los países con climas más fríos, ¡el voleibol de playa en el interior está creciendo en popularidad!

3. El atleta Karch Kiraly es el único jugador de voleibol que ha ganado medallas de oro en ambos el voleibol de sala y playa. Ganó dos como un jugador de sala en 1984 y 1988, y luego ganó como un jugador de playa en 1996. ¡Con razón es el jugador de voleibol más famoso del mundo!

4. Kerri Walsh Jennings y Misty May-Treanor ganaron la medalla de oro en el voleibol de playa femenino en los Juegos Olímpicos de Verano en 2004, 2008, y 2012. ¡Son conocidas como el mejor equipo de voleibol de playa de todos los tiempos!

5. Hoy en día, las formas más populares de jugar el voleibol son con 6, 9, y 2 jugadores por equipo en la cancha. Sin embargo, originalmente podría haber un número ilimitado de jugadores en la cancha. ¡Imagínate intentando llamar "¡Mío!" con tantos jugadores!

GLOSARIO

altura reglamentaria - La altura a la que debe ser la red según las reglas oficiales.

dig o pase de mano baja - Un contacto defensivo usando una mano o dos, para evitar que el balón toque el suelo; a menudo es una recepción más difícil o un dig de lanzarse en "plancha".

líbero - Un especialista defensivo frecuentemente conocido por sus digs (recepciones), que puede ser sustituido lo más frecuente que se desea, pero tiene que jugar en la zona defensiva de la cancha y lleva un uniforme de distinto color que los demás del equipo.

peloteo - El hecho de pasarse el balón/equipamiento por encima de la red de un lado al otro hasta que se anota un punto.

remate - Un ataque en el voleibol cuando el jugador salta y golpea el balón hacia abajo con la palma de la mano o el puño.

RESPUESTAS:

1. b 2. c 3. a 4. c 5. d 6. b 7. d 8. c 9. d 10. a

RECURSOS DE INTERNET

Booklinks
NONFICTION NETWORK
FREE! ONLINE NONFICTION RESOURCES

Para aprender más sobre el voleibol y el trabajo en equipo, visita a **abdobooklinks.com**. Estos enlaces son monitorizados y actualizados rutinariamente para proveer la información más actual disponible. Los recursos de internet están en inglés.